ぶらり平蔵

決定版③女敵討ち

吉岡道夫

コスミック・時代文庫

本書は二〇〇九年十月に刊行された「ぶらり平蔵　女敵討ち」を改訂した「決定版」です。

目次

「ぶらり平蔵」主な登場人物

神谷《かみや》平蔵《へいぞう》　旗本千八百石、神谷家の次男。医者にして鐘捲《かねまき》流免許皆伝の剣客。神田新石町弥左衛門店《やざえもんだな》で診療所を開いている。

神谷忠利《ただとし》　平蔵の兄。御使番から目付に登用され、勘定奉行の糾明に奔走。

神谷幾乃《いくの》　平蔵の兄嫁。母を小さいときに亡くした平蔵の母親がわり。

矢部《やべ》伝八郎《でんぱちろう》　平蔵の剣友。兄の小弥太《こやた》は、北町奉行所隠密廻り同心。

井手《いで》甚内《じんない》　元斗南藩の脱藩浪人。無外流の遣い手。明石町で寺子屋を開く。

檜山《ひやま》圭之介《けいのすけ》　小網町道場の門弟。忠利の口利きで大番組麦沢《むぎさわ》家の婿養子に。

佐治《さじ》一竿斎《いっかんさい》　平蔵の剣の師。紺屋町で鐘捲流剣術道場を開いている。

伊之介《いのすけ》（伊助《いすけ》）　磐根《いわね》藩主左京大夫宗明の落とし胤《だね》。

縫《ぬい》　伊之介の乳人。伊之介を弥左衛門店で育てた。

左京大夫《さきょうのだいぶ》宗明《むねあき》　磐根藩現藩主。正室・妙《たえ》は伊達六十二万石の藩主仙台侯の娘。

桑山《くわやま》佐十郎《さじゅうろう》　磐根藩江戸上屋敷の側用人。平蔵の剣友。

波多野《はたの》文乃《あやの》　磐根藩江戸上屋敷の上女中。桑山佐十郎の姪。

おもん　小網町の料理屋「真砂」の女中頭。公儀隠密の黒鍬者《くろくわもの》。

味村《あじむら》武兵衛《ぶへえ》　徒《かち》目付。心形刀流の遣い手。

斧田《おのだ》晋吾《しんご》　北町奉行所定町廻り同心。スッポンの異名を持つ探索の腕利き。

本所《ほんじょ》の常吉《つねきち》　斧田の手下の岡っ引き。下っぴきの留松《とめまつ》を配下に使う。

荻原《はぎわら》重秀《しげひで》　勘定奉行。幕府の財政をほしいままにし、私腹を肥やしている。

清水《しみず》弦之助《げんのすけ》　荻原の近習頭　新陰流の免許取り。

壺井《つぼい》左門《さもん》　清水弦之助の部下。田宮流の遣い手。

乙次郎《おとじろう》　彫金師。荻原の賄賂のからくりに加担していたが殺害される。

お美乃《みの》（美乃吉《みのきち》）　乙次郎の囲い女。清水弦之助の情婦。元深川の羽織芸者。

序　章　邯鄲《かんたん》の夢

一

三月もおわりに近い、晴れた日の夕刻であった。

水平線まで雲ひとつ見えない青空がようやく西から茜色《あかねいろ》に染まり、磯に打ちよせる波頭もキラキラと金色にかがやきはじめていた。

本所《ほんじょ》の東南を流れる中川には東から船堀《ふなぼり》川が、そして西からは小名木川が合流し、このあたりは江戸の水路の要《かなめ》になっている。幕府はこの合流地点に中川番所を設け、江戸の御府内に出入りする舟の監視にあたらせていた。

中川番所の対岸には幕府が開発した又兵衛新田をはじめとする開墾地が江戸湾までひろがっている。

中川が江戸湾に流れこむ湾口は真水と潮水がまざりあうだけに魚種も魚影も豊

富で、釣師《つりし》の穴場としても知られていた。

その日もひとりの釣師が河口近くの岩場で糸を垂れていた。

釣師は髷《まげ》に白いものがまじりはじめた四十年配の職人らしい男だった。

男はよほどの釣り好きらしく、吹きつける潮風に身をさらしながら、ひたすら竿につたわる魚信《あたり》を待ちつづけていた。

海から吹きつけてくる風は、日暮れになるとめっぽう冷たい。

長いあいだ竿を握っていると指がこわばってくるのだろう。男はときどき竿を握る手を持ちかえては指を揉みほぐしていた。

ときおり竿をあげて餌をつけかえては、また振りこむ。

釣師の多くが道具に凝るように、この男が手にしている継竿《つぎざお》は巻きつけた糸を漆《うるし》で固めた高価なものだった。すこし離れた岩陰の砂地に置いてある魚籠《びく》や釣り道具の箱、餌箱も漆を塗ったなかなかの上物だ。

潮風で口が粘るのか、男はときおり腰に吊した竹の水筒から水を口にふくみ、うがいをしては吐き出していたが、竿先を見つめる目は微動だにしない。

夕まずめの水底にひそむ大物の幻を追いつづけているのだろう。男は辛抱強く竿に伝わる魚信を待ちつづけた。

陽が西に沈みかけたころ、ようやくあきらめる気になったらしい。

未練たらしい溜息をついて竿をあげようとしたときである。いきなり竿がグーンと弓なりにしない、竿先が海面に引きこまれそうになった。

「うっ⁉」

男は低い唸り声をあげると、両足を踏んばり、懸命に竿を起こしにかかった。

竿先が鋭くふるえ、竿は満月のようにしなった。

ピーンと張りつめた糸が海面を切り裂いて右に左に走る。

男は岩場に足を踏んばると、歯を食いしばって竿を握りしめた。

釣鉤《つりばり》から逃れようと懸命にもがきつづける獲物が、糸をくわえたまま水中を荒々しく走りまわる。

竿をつたわってくる獲物のしたたかな手応えが、男の期待感をいやがうえにもふくらませているのだろう。男の目尻は浅草寺の仁王像のように吊りあがっていた。

軒庇《のきびさし》のように出っ張った額に毛虫眉、太い鼻柱は唐獅子のように大あぐらをかいている。唇は鱈子《たらこ》をふたつ合わせたように分厚い。どう見ても女には縁がなさそうな醜男《ぶおとこ》だった。

ただ、竿を握っている指だけは無骨な顔に似合わずしなやかに見えた。いかつい顔つきとはちがい、腕も足も男にしては華奢《きやしや》で、力仕事には向きそうもない。

やがて獲物も力つきて観念したとみえ、波間に白い魚の腹がキラリと光った。男の目に歓喜の色がみなぎった。竿尻をしっかりと腰骨にあてがい、左手で竿を立てながら、右手で長柄の手網《たも》をさし出し、焦ることなくじわじわと獲物を手元に引き寄せた。

まんまと手網にすくいとられた銀鱗が、夕陽に映えて勢いよく躍った。目の下一尺二寸（三十六センチ）はあろうかという大物の黒鯛だった。

男は満足げに笑みをうかべ、岩棚をおりた。手網のなかで暴れる黒鯛の口から釣鉤をはずし、砂地に置いてあった魚籠の蓋《ふた》をあけた。

「ほう、黒鯛とは豪勢だな。やったじゃないか、乙次郎《おとじろう》……」

ふいに背後で声がした。

「………」

乙次郎がふりかえってみると、波でえぐられた土手の上から二人の侍が腕組みしながら見おろしていた。

二人とも月代《さかやき》を青く剃り、髷《まげ》もきちんと結いあげ、絽《ろ》の夏羽織に仙台平《せんだいひら》の袴をつけている。主持《しゅうも》ちの侍らしい身なりだった。

一人はすらりとした長身で、きりっとした細面に見るからに如才のない笑みをうかべた優男《やさおとこ》だが、もう一人は筋骨たくましく、双眸《そうぼう》に人を射ぬくような鋭い光をたたえている。

乙次郎は魚籠に蓋をしながら、土手をおりてくる二人の侍をいぶかしげな目で見迎えた。

「清水《しみず》さま。……どうして、また、こんなところまで」

「うむ、また、おまえに頼みたい仕事ができてな」

細面の侍が気さくに笑いかけながら近づいてきた。

「仕事ですか……」

どうやら乙次郎は気のりがしないらしく、露骨に眉をしかめた。

「申しわけありやせんが、できたら、その仕事、ほかのやつにまわしてもらいてえんですが……」

乙次郎は魚籠に蓋をしながら、

「清水さま。いま、あっしは前々から引きうけていた仕事にかかっておりやすんで……そいつを仕上げてからじゃねぇと、手があきませんので、へい」

「ふふふ、ま、そう言うな。おまえでのうてはできぬ仕事なのだ。それも、ちと急いでおる」

清水は懐から十両の小判を取り出し、魚籠の蓋に乗せた。

「これは手付けだ。仕上げてくれたら三十両出す。……なに、おまえの腕なら十日とはかかるまいよ」

三十両と聞いて、乙次郎は引きうける気になったらしく、魚籠の上の小判に目を走らせた。

「いってぇ、どんなご注文なんで……」

「注文は、この壺井《つぼい》から聞くがいい」

清水は同行してきた侍をふりかえって目をしゃくった。

見るからに人あたりのいい清水とはちがい、壺井という侍は目つきも鋭く、どこか不気味なものを感じさせる。

「乙次郎……」

壺井が低い声で呼びかけ、ずいと足を踏み出した。

「口は災いのもと、という諺《ことわざ》を知っているな」

「い、いってぇ、なんのことで」

「女だよ。乙次郎……」

壺井の双眸に冷酷な光が宿った。

「もうひとつ、女の口に戸は立てられんという諺も知っておるな」

「え……」

「きさま、寝間で女にぺらぺらと仕事のことをしゃべっただろう」

「あ……」

「ま、過ぎたことをいまさら咎《とが》めだてしてもはじまらんがな。約束を破った償いはしてもらうぞ」

「つ、壺井さま……」

乙次郎の眼が恐怖に凍りついた瞬間、壺井は腰をひねりざま刀を抜き打った。

刃がキラッと夕陽に煌《きら》めき、目にも止まらぬ迅《はや》さで乙次郎の左肩から胸板を深ぶかと斬り割った。

乙次郎が手にしていた継竿がすぱっと両断された。

血しぶきが砂を染め、声をあげる間もなく、乙次郎は継竿の端をにぎりしめたまま砂地に突っ伏した。

「さすがは田宮流、みごとなものだ」

清水は満足そうにうなずくと、魚籠に乗せた小判をつかみ取り、乙次郎の死体を冷ややかに見おろした。

「ま、これまで分不相応な、いい思いをしてきたんだ。邯鄲《かんたん》の夢でも見たと思って成仏することだな」

砂地に顔を埋めた乙次郎を、打ち寄せる波が静かに洗い清めていった。

赤々と燃える夕陽が水平線を金色《こんじき》に染めていた。

二

死体が発見されたのは翌日の早朝である。

見つけたのは野良仕事に出てきた近くの百姓だった。

波が血潮を洗い流していたため、行き倒れの病人かと思って近づいてみたら斬殺された死体だとわかった。

知らせを受けた月番の北町奉行所から、定町廻《じょうまちまわ》り同心の斧田晋吾《おのだしんご》が本所の常吉《つねきち》という岡っ引きをしたがえて駆けつけた。

「正面から袈裟掛けの一太刀《ひとたち》だ。下手人は侍と見てまちげぇねぇが、こいつぁ、並の腕じゃねぇ。相当な手練《てだ》れだぜ」

斧田は定町廻りらしい巻き舌で断言した。

死体の懐中をあらためると、紙入れに一分銀で三両二分、ほかに二朱銀とバラ銭が入っていた。

「三両二分たぁ、えらく豪勢な小遣いじゃねぇか。おれなんざ紙入れに粒銀のひとつでも入ってりゃご機嫌だぜ。このホトケ、よほど実入りのいい仕事をしてやがったらしい」

斧田はしゃがみこんで斬り口を検分すると、おおきくうなずいた。

「見ねぇな。ホトケは竿を納めかけたところを前からバッサリやられている。下手人はどうやら顔見知り臭いぜ」

つぎに斧田は砂地に置きっぱなしの釣り道具類をあらためたが、これという手がかりは見つからなかった。

ただ、魚籠のなかの黒鯛には目を瞠《みは》った。

「ほう、こりゃ大物だ。こいつを釣りあげて気分よく帰りかけた矢先の災難だったんだな。……可哀相によ」

片手拝みで成仏を祈って常吉をかえりみた。

「まずはホトケの身元を洗うこった。手足、躰つきから、力仕事にゃ縁のねぇ男だろう。大工でもなきゃ左官でもねぇ。棒手振《ぼてふ》りの行商にしちゃ肩に天秤《てんびん》ダコもついてねぇ。……かといって、この面《つら》じゃお店者《たなもの》には向くめぇ。おおかた手先仕事の経師屋《きようじや》か筆師《ふでし》、でなきゃ飾職《かざりしよく》、版木彫り、ま、そんな見当だろうよ」

同心歴二十年の斧田の目はたしかだった。

奉行所はすぐさま江戸市中の町年寄《まちどしより》に、昨夜から帰宅していない不在者の有無を知らせるよう回状を出した。

江戸では奈良屋《ならや》、樽屋《たるや》、喜多村《きたむら》の三家が代々町年寄をつとめ、その下に町名主が、さらにその下に家主がいて、幕府行政の伝達から人別帳の確認、道路の修理、火の番の手配から、喧嘩の仲裁、捨て子や行き倒れの世話にいたるまでの雑用一切を処理する仕組みになっていた。

むろん、下手人の捕縛の手伝いや、暴れ者の取りおさえなどの荒っぽい仕事は鳶《とび》の者の手を借りる。

今回のように身元不明の死体が出たときは奉行所から通達が出ると、たちまち江戸のすみずみまで回状がまわる。

町人だけで五十万を超す人間が住み暮らしていた江戸の街の治安にあたるのは南北両町奉行所の同心だが、じっさいに探索や捕縛にかかわるのは南北奉行所にそれぞれ三廻りと呼ばれる隠密廻り同心が二人、定町廻り同心が六人、臨時廻り同心が六人ずつしか任命されていなかった。

それでも、なんとか治安を維持することができたのは、こうした町人たちによる自治制度がきちんと組まれていたからである。

殺されていた釣師の身元は、その日の夕刻に早くも判明した。

本所松井町に住む乙次郎という彫金師だった。

通いの職人ではなく、注文を受けては自前で仕事をする居職《いじょく》の職人で、腕は江戸でも五本の指に数えられるほどだが、気が向かない仕事は引きうけないという根っから職人気質《かたぎ》の男だった。

仕事場兼用の住まいは八畳の板の間に六畳の寝間と四畳半の台所、それに二坪余の庭までついた、ちゃんとした一軒家だったが、妻子はなく独り暮らしだった。

知らせを受けて出向いてきた斧田同心は、乙次郎が仕事場にしていた板の間の壁一面に並んでいる釣竿に瞠目した。

壁に沿った竿架けには数十本の継竿が整然と並べられ、反対側の棚の上段には釣鉤や、浮子《うき》、釣糸などが置かれ、下の段には魚籠や餌箱が納められていた。魚籠や餌箱は漆塗りの高価なものもあり、竿のなかには漆で竿師の銘が入っている上物もけっこうある。

壁の上部には尺を超える大物の魚拓が何十枚も貼られ、釣りあげた場所や日付が書きこまれていた。

道具類を見るなり、本所の常吉は感嘆の声をあげた。

「旦那。これだけの道具をそろえるにゃ相当な金がかかっておりやすぜ」

「だろうな。おれは釣りのことは皆目わからねぇが、素人目で見てもてぇしたもんだ」

斧田同心も苦虫を嚙みつぶしたような顔になった。

「分相応で満足してりゃ殺されることもなかったろうによ」

「ですが、旦那。こいつは前科もなけりゃ博打《ばくち》に手を出してたって噂もなし、まっとうな職人だったそうですぜ」

「なに、人は見かけによらねぇもんよ。まさか裏でこっそり盗人や巾着切りをやっていたとは思えねぇが、銭に目がくらんで悪事の片棒ぐらいはかついでいたんじゃねぇのか」

乙次郎の仕事場は庭に面した板の間の、陽射しがよく入る二畳あまりの一角になっていた。

大小さまざまの鏨《たがね》や鑢《やすり》、金槌などの道具類はよく手入れされていて、欅《けやき》の一枚板で造られた作業机の上に細工中らしい五寸あまりの銀煙管《ぎんぎせる》が置かれていた。

刻み煙草をつめる火皿から雁首《がんくび》にかけて、三匹の猿が精巧に刻まれている。

「ほう。三猿《さんえん》の煙管か、こいつはてぇした細工だぜ」

三猿というのは「見ざる、言わざる、聞かざる」の「さる」をもじり、目と口と耳を手でおおった三匹の猿にあらわしたもので、日光東照宮神厩舎《しんきゆうしや》の欄間に彫られていることで知られている。

銀煙管に刻まれていた三匹の猿は、それぞれが生きているように見えるほど精妙な細工であった。

「たまげたねぇ。左甚五郎でも裸足《はだし》で逃げ出そうってくれぇのしろものだな」

斧田が感嘆して眺めているあいだに、常吉が配下の下っ引きを使って家の中をすみずみまで探索させたところ、台所の隅にあった水甕《みずがめ》の底から油紙につつんだ小判が二百三十両も出てきた。

「旦那。こりゃ、並の職人が稼げる金じゃありませんぜ」

「ふうん、二百三十両たぁ恐れ入谷《いりや》の鬼子母神《きしもじん》だな」

斧田の双眸がキラッと光った。

「思ったとおり、なにか後ろ暗いことをしてやがったんだぜ。手分けして乙次郎の噂を片っ端からかきあつめてこい。どんなやつとつきあってたか、金回りはどうだったか……それに女ッ気のほうも洗ってみろ。女房はいねぇらしいが、これだけの金をもってりゃ馴染みの女のひとりやふたりはいるにちげぇねぇ」

「へい！　合点でさ」

斧田同心に尻をたたかれるまでもなく、常吉は配下の下っ引きを連れて飛び出していった。

居職の職人の行動範囲はきわめて狭いもので、乙次郎の身辺を洗い出すのに半刻《はんとき》（一時間）とかからなかった。

だれに聞いても腕は一流だが、めっぽうつきあいの悪い男だったらしく、親しくしている仲間はひとりもいないということだった。

三猿の煙管は通町の小間物問屋が半年も前から注文していたもので、西国大名の隠居が乙次郎の腕に惚れこんで頼んだものだとわかった。

斧田が睨んだとおり、乙次郎は三年前から、松井町からすぐの相生町《あいおい》に一軒家を別に借りて、お美乃《みの》という女を囲っていた。

お美乃は深川の櫓下《やぐらした》で美乃吉という名で芸者に出ていたが、父親が長患いで寝込んで薬代がかさみ、借金に苦しんでいたところを乙次郎に助けてもらったのが縁で囲《かこ》い女《もの》になったということだった。

手当ては月に三両二分、下女も雇ってくれ、親の暮らしの面倒もよく見てくれていたらしいが、乙次郎の家には一度も行ったことがないという。

「なんですか、仕事場に女はいれたくないって言うし、あたしも女房にしてもらいたいと思ってたわけじゃありませんからね。松井町に住んでることは知ってましたが、見にいったこともありませんよ」

お美乃はまるで他人事《ひとごと》のような口調で淡々と語った。

「そうですねぇ。……あのひとが来るのは三日か、五日に一度ぐらいのものでしたが、来たからって、別にながながとお酒を飲むわけでもなし、すぐに床入りしちまうようなひとでね」

「おめぇのほかに手を出してる女はいなかったのかい」

「さぁ……」

お美乃は小首をかしげたが、すぐに迷うこともなく言い切った。

「そりゃ男ですから、だれかに誘われて色街で遊んだことぐらいはあったかも知れませんが、これといってきまった女はいなかったと思いますよ」

「つまり乙次郎は、おめぇひとりで満足してたってことだな」

「ふふ、それはどうだかわかりませんがね」

お美乃はすくいあげるように斧田を見て色っぽく腰をくねらせた。

湯屋に行ってきたらしく、お美乃は洗い髪のままだったが、櫓下で左褄《ひだりづま》をとっていただけあって三十路をすぎた大年増《おおどしま》ながら、男ごころをそそる色気を感じさせる女だった。

「で、おめぇのほうはどうだったんだ」

「どうって、旦那。いやですねぇ、あたしゃ金で囲われてた女ですよ。お宝さえちゃんともらえれば文句を言う筋合いはありませんからねぇ」

どうやらお美乃は、乙次郎とのことは躰をつなぎあわせるだけの間柄と割り切っていたらしい。

「だって、あのひと、あたしを抱いたあとは、さっさと松井町に帰っちまうだけで、芝居や花見に誘ってくれるわけでもなし、おもしろくもなんともないひとでしたからねぇ」

「…………」

「ただ、釣りの自慢話をするときだけはほんとに楽しそうでしたよ。……ご法度《はっと》の博打に手を出すわけじゃなし、他人さまといさかいを起こすようなこともなし、ええ、もう、そりゃ、悪いことなんか金輪際《こんりんざい》できるようなひとじゃなかったと思いますよ」

そう言うと、お美乃は途方に暮れたような目で放心した。

「あのひとに死なれちまったら、これから先、あたしゃどうして生きてきゃいいんですかねぇ」

乙次郎が殺されたことより、そっちのほうが気になるらしい。

むろん、お美乃から手がかりになるようなことは何ひとつ聞き出せなかった。

「見ざる、聞かざる、言わざる、か……」

斧田同心はなんともホロ苦い目で、手にした「三猿」の銀煙管を見つめた。

乙次郎殺しの探索は、早くも壁に突きあたってしまった。

第一章　忍びの掟

一

江戸城の外濠に沿って明地《あけち》とよばれる広大な幕府御用地がある。総面積ざっと十数万坪もあるこの明地は、半蔵御門外から雉子橋《きじばし》御門外、神田橋御門外にかけて計八ヶ所にもうけられていた。

非常時には軍兵の集結場所にもなるが、本来は江戸市街で出火した火事が江戸城内に飛び火することを防ぐための火除地《ひよけち》としてもうけられたものだ。

幕府が市街地からの飛び火をことさらに警戒するようになったのは、俗に「振《ふり》袖火事《そでかじ》」とよばれる明暦《めいれき》の大火からである。

明暦三年一月十八日。

本郷丸山の本妙寺から出火した火事は江戸城の本丸にまで飛び火し、五重五層六階、高さ百四十八尺（約四十五メートル）、天下無双を誇った天守閣から二の丸、三の丸をも焼きつくした。

この火事は五百余の大名屋敷と三百余の神社仏閣、九千余の米蔵、六十余の橋を焼きはらい、八百余町をなめつくし焼け野原にしてしまった。

死者は十万人を超え、家を失い、路頭に迷う者が巷《ちまた》にあふれ、歴史に残るほどの大火となった。

これほどの大惨事になった原因は折りから強風が吹き荒れていたということもあるが、十八日の出火につづいて翌十九日の昼前、小石川の新鷹匠町《しんたかじょうちょう》から二度目の出火が重なり、さらに夕刻になって追い打ちをかけるように麴町《こうじ》の民家から出火するという不運があいついだからでもある。

この惨事の発端となった十八日の最初の出火の原因は、本妙寺の檀家だった商人が亡くなった愛娘《まなむすめ》の回向《えこう》のため、娘の遺品の振袖を焼いて供養していた火が強風に煽られて飛び火したものだったといわれている。これが瓦版《かわらばん》などで「振袖火事」と喧伝《けんでん》され、のちのちまでの語り草になった。

ともあれ、この「振袖火事」がきっかけとなって幕府は防火対策を一層強化するようになったのである。

外濠沿いの広大な明地には防火対策の一環として火や風に強い松や樫《かし》、榧《かや》などの常緑樹が間を置いて植えられ、四季、青々と葉を茂らせている。

磐根《いわね》藩《はん》上屋敷は雉子橋《きじばし》御門外と神田橋御門外のあいだにもうけられた三番明地沿いの一角にある。

この日、神谷《かみや》平蔵《へいぞう》は昼すぎから磐根藩上屋敷に出向き、屋敷内に造られた道場で非番の藩士たちに稽古をつけていた。

この出稽古は磐根藩からの申し入れで二月から始めたもので、剣友の矢部《やべ》伝八《でんぱち》郎《ろう》と井手《いで》甚内《じんない》の三人共同で小網町にひらいている剣道場から、五日に一度、三人が回《まわ》りもちで出向くことになっていた。

出稽古の謝礼は一回三両で、月に十八両になる。

平蔵たちがなけなしの金を工面して小網町に剣道場をひらいたのは一年前。まだ門弟もすくなく、年中、火の車だったから、月に十八両の磐根藩からの出稽古料は道場にとってはまさに干天《かんてん》の慈雨《じう》にひとしいものだった。

いうなればタナボタのような、こんなおいしい儲け口が舞い込んできたのにはそれなりのいきさつがあった。

ここ数年、磐根藩には藩主の座をめぐる内紛《ないふん》がくすぶっていた。

平蔵は千三百石の旗本神谷家の次男坊に生まれたものの、亡父の弟で医師の道をえらんだ神谷夕斎《せきさい》の養子に出された。

ところが磐根藩の藩医に招かれた夕斎が、藩内のお家騒動の巻き添えを食って斬殺されるという不祥事が起きた。そのころ平蔵は西洋医学の研鑽のため、藩費で長崎に留学していたが、養父が横死したという知らせをうけ、磐根にもどった。

平蔵は医学生とはいえ武家に生まれた身である。養父の仇討ちということもあり、否応なく磐根藩の内紛にかかわらざるをえなくなった。

そもそも磐根藩の内紛は現藩主である左京大夫宗明《さきょうのだいぶむねあき》が病弱だったことから、異母弟の重定《しげさだ》を擁立しようとする一党と、それに反対する藩士とのあいだに起きた家督相続争いに端を発した。

このときは先代光房《みつふさ》の決断で重定擁立派は壊滅したが、家督を継いだ宗明に男子が誕生しなかったことから、重定の次男を宗明の息女とめあわせようと画策する派閥が、ふたたび暗躍するようになった。

そこに重定の正室志帆《しほ》の方《かた》と、その実父の大身旗本までがからんできた。

そのころ現藩主左京大夫宗明の隠し子の伊助《いすけ》という男の子が、奇《く》しくも平蔵とおなじ長屋に住んでいたのである。その伊助をひそかに養育してきた縫《ぬい》と平蔵が情をかわしあう仲になったことが事態を複雑にした。

ついには伊助の命を狙う一味と、伊助を守ろうとする平蔵とのあいだに闘いがくりひろげられることになった。

その闘いにようやく決着がついたのも束の間、磐根藩主の座に執着した重定は裏で幕閣に手をまわすいっぽう「黒脛巾組《くろはばきぐみ》」と称する刺客集団を江戸に送りこみ、左京大夫宗明ばかりか、世子となり、伊之介《いのすけ》と名をあらためた伊助の命までも狙うようになった。

平蔵は磐根藩にいたころの親友で、いまは藩主宗明の側用人《そばようにん》となっている桑山《くわやま》佐十郎《さじゅうろう》の懇望をうけて、黒脛巾組の壊滅に力を貸すことになった。

平蔵はしばしば死地に立たされたものの、そのたびに剣友の矢部伝八郎と井手甚内の助力もあり、磐根藩の紛争にどうにかケリをつけることができた。（これらのいきさつは『剣客参上』『魔刃疾る』の巻であきらかにされている）

磐根藩上屋敷への出稽古は、いわば藩主の左京大夫宗明が磐根藩の紛争解決に貢献した三人に報いるための措置《そち》でもあったのだ。

とはいえ平蔵は神田新石町の弥左衛門店《やざえもんだな》で診療所の看板をあげている町医者でもあるし、井手甚内も明石町で寺子屋の師匠という副業をもっている。三人のなかでは矢部伝八郎がもっとも気楽な身だが、道場の師範代として門弟に稽古をつける勤めがあるから、そうそう道場を空けるわけにもいかなかった。

三人の回りもちによる出稽古というのは、そうした事情をくんだ磐根藩の好意のあらわれだった。

この日、平蔵は昼の八つ（二時）ごろから七つ半（五時）ごろまで、非番の藩士を相手にみっしり稽古をつけた。

帰る前に褌《ふんどし》ひとつになって井戸端で汗を流していると、桑山佐十郎がぶらりとやってきた。

佐十郎はひとつ年上の三十二歳という若さで側用人という藩の重職についているが、平蔵が養父とともに磐根城下にいたころは、毎晩のようにつるんでは赤提灯の盛り場をうろついた遊び仲間で、気のおけない親友のひとりでもある。

「どうだ。すこしはモノの役に立ちそうなのがいるか」

「ああ、土橋精一郎を筆頭に見所のある若手が五、六人はいるな」

出稽古は小網町の道場にとって、だいじな金蔓だけに、ちょいと色をつけてヨイショした。

「ほう、そりゃ頼もしい。なにせ磐根藩は代々武勇で聞こえた家柄だからの」

ヨイショをまともにうけて目尻をさげた佐十郎を見て、平蔵、いささか気が咎めた。ほんとうのところは土橋精一郎のほかは棒振り剣術の域を出ない連中ばかりで、モノになりそうなのが出るかどうかは怪しいものだった。

「それにしても精一郎のやつは、ふだんどこにいるのかわからん、でれりボーッとしたやつだが、あれが筆頭とはわからんもんだな」

「なに、きさまだって若いころはおれといっしょに酒と喧嘩に明け暮れていたじゃないか。それがいまじゃ君側《くんそく》の筆頭人で、いずれは執政の座につこうというんだから、人はわからんもんさ。男子三年刮目《かつもく》して待つべしということもある。鍛えようによっては精一郎並の遣い手がぞくぞく輩出せんともかぎらんぞ」

「おい。そりゃ本音か」

「いや、おれの願望だよ」

「ちっ！　だろうと思ったよ」

ひと睨みしたものの、佐十郎は満更でもなさそうに笑みくずれた。

「ともあれ、ひさしぶりに一献酌みかわそう。わしは用がすみ次第、長屋にもどるから、遠慮なくさきに飲《や》っていてくれ」

そう言うと、佐十郎は返事も待たずにせかせかと御用部屋のほうに向かった。相も変わらず気ぜわしい男ではある。

二

長屋といっても桑山佐十郎は藩重役だけに、平蔵が借りている弥左衛門店の住まいとは雲泥のちがいがある。

ちゃんとした玄関もあれば、書院も、客間もある。寝所のほかに奉公人たちの部屋はもちろん、内風呂もあるし、内雪隠《うちせっちん》（便所）もついている。

佐十郎はいまだに独り身《ひとりみ》だが、飯炊き、掃除、洗濯をする下女のほかに、身のまわりの世話をする文乃《あやの》という上女中《かみ》もいる。

藩邸内には江戸定府《じょうふ》の者もいれば、単身赴任や独身の上級藩士もいる。こうした独り者の上級藩士は上女中や下女を雇うことが許されていたから、なかには女中に手をつけて「女房達奉公《にょうぼうだてほうこう》」にしてしまう者もいた。女房達奉公とは寝間をともにする女中のことで、江戸妻ともよばれている。

大名の参勤交代について出府してくる侍が多かったから、江戸の人口の三分の二は男だった。当然のことながら江戸勤番《きんばん》の侍は女ひでりを強いられる。下級武士は非番のときに岡場所に足を運んで遊ぶしかなかったが、上級武士のなかには女中に手をつけて女房達奉公をさせる者もすくなくなかった。

文乃は磐根藩の足軽の娘だということだが、二十五、六の女盛りでもあり、なかなかの器量よしだから、もしかしたら佐十郎の江戸妻ではないかという気がしないでもない。

佐十郎の帰宅を待つ間、文乃の酌取りで酒を飲みながら、ちょっぴりカマをかけてみた。

「文乃どのは、ここに奉公して何年になる」

「さぁ、もう、かれこれ八年になりましょうか」

「そりゃ長いな。それじゃ嫁入りどきを外してしまうぞ」

「もう、とうに外れております る」

「ばか言っちゃいかん。その器量なら嫁のもらい手は降るほどあるだろう」

ちかごろ若い女にとんと縁が薄くなっているせいか、平蔵、口がよくすべる。

「神谷さまは、口がお上手でございますこと」

文乃は袖を口にあて、目を笑わせた。

「いまさら国元にもどったところで、嫁にもらってくださるような殿方などおりませぬ」

「だったら、いっそのこと佐十郎の嫁になってしまえばいいだろう」

「ま、そのようなこと……」

「なに、あいつは昔から女には奥手だったから、いまだに独り身だ。その気になればイチコロにきまっておる」

佐十郎が聞いたら目を三角にして頭から湯気を立てそうなことを言って、文乃をけしかけた。

「なに、男なんて他愛ないもんさ。文乃どののような美形が、ちょいと気のあるような素振りを見せりゃ、すぐにダボハゼみたいに飛びついてくるさ」

たっぷり稽古で汗を流したあとの酒がきいてきたせいか、平蔵、言うことが乱暴になってきた。

「なるようになってしまえばこっちのものだ。あとはおれが引きうけてやる。あたら娘盛りをむざむざと八年も奉公させたあげく、いまさら逃げる気かと談じこめば、あいつは根がうぶだから嫌とは言うまいよ」

調子にのった平蔵のけしかけに文乃は笑いをこらえるのに懸命だった。

「もう、神谷さまにはかないませぬ」

「なになに佐十郎は見た目は堅物に見えるが、あれでなかなかどうして隅におけん男だぞ」

平蔵の頭には小網町の料理屋「真砂」の女将《おかみ》とわけありらしい佐十郎の素振りが、いまだにちらついている。

「どうだ、これまで佐十郎が夜中にこっそり忍んでくるというようなことは一度もなかったのか。ん？」

「まさか。……旦那さまはそのようなことをなさるお方《かた》ではございませぬ」

ほんのり頰を染めながらも真顔で首を振ったところを見ると、どうやら佐十郎にはとんとその気がないらしい。

「ふうん……」

あらためて文乃をまじまじと観察した。

足軽とはいえ武士の娘だけに品があるし、客との応対にもそつがない。

すこし小麦色がかった肌も肌理《きめ》がこまかく潤いがあり、腰まわりの肉置《ししお》きも豊かで女盛りの艶を感じさせる。

なかなかよい娘ではないか。このまま嫁《い》かず後家でおわらせるのはもったいないというもんだ……。

そんなことを思っていると、

「おう、待たせたな。すまん、すまん」

どすどすと廊下を踏んで、桑山佐十郎がせわしなく姿をあらわした。

「帰りしなに渋井《しぶい》の爺さまのところで手間を食っての」

佐十郎は差し料を無造作に文乃に渡すと、立ったままで麻裃《あさがみしも》の肩衣《かたぎぬ》をずるずると引きぬいた。

なんとも、ざっかけない側用人どのではある。

三

「いやはや、あの渋井の爺さまの吝《しわ》いのは筋がね入りだわ」

ぼやきながら佐十郎は袴をさっさと脱ぎ捨てると裾っからげになり、毛脛をむきだしにして大あぐらをかき、どっかと座りこんだ。

渋井というのは藩邸の公金の支出をまかされている老人である。骨ばった頬に金壺眼の、いかにも頑固者らしい爺さまだ。

「渋井どのと何か悶着《もんちゃく》でもあったのか」

「いや、たいしたことではない。内輪のことよ」

佐十郎は口を濁すと、無造作にふところから奉書紙に包んだ小判をつかみだし、平蔵の前に押しやった。

「おい、忘れぬうちに渡しておこう。出稽古の謝礼だ。十八両あるはずだから、たしかめてくれ」

「今月の出稽古は、あと一回残っているはずだが」

「なに、こういうものは気がついたときに渡しておくにかぎる」

「そうか。じゃ、遠慮なくいただいておこう」

「遠慮もへったくれもあるか。……なにせ、わが藩は一度ならず、貴公に助けられておるのだ。わが殿も神谷が随身するのなら千石やっても惜しくはないと仰せられたほどだからの」

「ほう。千石とはたまげたな……」

「そうよ。聞いたおれもたまげたわ。側用人のおれでも七百石しかいただいておらん。千石取りといえば、わが藩じゃ家老につぐ大身だ」

そう言われても、平蔵にはとんと実感がわかないから、黙って焼き魚の身をむしって口に運んでいると、佐十郎がぐいと膝を乗りだしてきた。

「どうだ、神谷。……千石と聞いて殿に随身する気になったか」

「よしてくれ。おれは、いまの町医者のままが性にあっている」

「そうか。きさまは、前からそう言っておったからな」

佐十郎はうんうんとうなずいたが、すぐに口をへの字にひんまげた。

「だからこそ、おれは殿のご意向をふまえてだな、渋井の爺ぃに月の決まりは決まりとして、すこしは色をつけろと言ってやったのだが、あの糞爺ぃ、諸式（物価）が高騰《たかあ》がりしておるゆえ藩邸の出費はできるだけ控えねば、とかなんとか申しおって首を縦にふらん」

「ははぁ……」

佐十郎の不機嫌はそういうことだったのか、と腑に落ちた。

「いや、こういうものは、決めどおりが一番いい。十八両もあれば道場としても御の字だ。おおいに助かっている」

「ならばよいが……ま、なにか不時の出費で困ったときは遠慮なくおれに言ってくれ。あの糞爺いがウダウダぬかしたら、今度こそ首根っこふんづかまえてもふんだくってやる」

よほど渋井老人とは性があわぬとみえ、佐十郎は側用人らしからぬ品さがった口をたたいた。

おかわりの酒を運んできた文乃が小耳に挟み、くすっと笑みこぼしたが、佐十郎は意に介せず気炎をあげた。

「ま、おおきな声では言えぬがな、磐根藩は表高こそ五万三千石だが、いろいろあって、実入りは優に十万石を超えておる」

どうだと言わんばかりに佐十郎、胸を張ってみせた。おおきな声では言えぬと言っておきながら、表まで筒抜けになりそうな声だった。

「だから、稽古料に五両や十両上乗せするぐらいは造作もないのだが、そのあたりの融通がきかんのだ。あの渋柿爺ぃめが……」

佐十郎の怪気炎はいっこうにとどまるようすがない。

「ま、そう言うな。藩邸の財布をあずかる人間は吝いと言われるぐらいでいいんじゃないのかね」

「おい。きさまが渋柿の肩をもってどうする」

「なんだ。八つ当たりはよせよ」

「ふふふ。ま、あの爺さまの言うとおり、諸式が万事高騰がりしておることはたしかだがな」

「そう言われても、おれにはわからんが……」

「なんだ、鈍いやつだな。……ほら、例の元禄八年の改鋳《かいちゅう》以来、米の値段は倍以上にはねあがっておるんだぞ。改鋳前は一石あたり銀四十五匁だったが、なんと一石百五匁にまで高騰がりしておるんだ。米が値上がりすれば諸式もあがる」

元禄八年といえば十七年前である。十七年で倍というと高くなったような気もするが、ま、しかたがないかという気もする。

「なにしろ、おれが買うのは一升か、せいぜいが二升の量《はか》り売りだから、あまりピンとこんな」

「ちっちちっちっ！　やっぱりおまえは根っからの極楽とんぼだよ」

「そう言われてしまえば身も蓋《ふた》もないが、だいたい、おれが独り暮らしをはじめたのはおととしの春からだぞ。十七年も昔の米の値段を知っているほうが、おかしいと思うがね」

「じゃ、なにか、おれのほうがおかしいのか。ん？」

今日の佐十郎は妙にからんでくる。

「そう言うわけじゃないが、十七年前といえば、ふたりとも十四、五のガキだったんだ。米の値段なんか気にする年じゃないだろう」

「ううん。……とは言えだ。ともかく諸式高騰の元凶が元禄の改鋳にあることはたしかだぞ」

「まぁ、な……」

どうやら佐十郎が喋りたくてむずむずしているのは、このことらしいなと、やっと気がついた。

「つまりは荻原《おぎわら》のこと、か……」

「そうよ。それぞれ……諸式高騰の元凶が貨幣改鋳で、貨幣改鋳の元締めが荻原重秀《しげひで》だということは、いまや衆目の一致するところだ。なにせ荻原をネタにした落首や狂歌が、いまだに市中に出回っているほどだからな」

荻原重秀は元禄九年に勘定奉行に任じられてから幕府財政を一手に掌握しつづけている人物で、とかくの噂があることは平蔵も知っている。

「そもそもだ。ひとりの人間が十六年もの長きにわたって勘定奉行の座から動かんというのがいかん。どんな清水でも溜まり水になれば濁りもするし、腐りもする。……な、そうは思わんか」

佐十郎の言には一理あるが、平蔵にはとんと縁のない世界である。

「それもあるだろうが、このところの諸式の値上がりは、この二月に二度も大火に見舞われたのが響いてるんじゃないか」

「ああ、あの八日の火事は、おれも正直泡を食ったよ。なにしろ、もうすこしで下屋敷に飛び火しかねんところだったからの」

二月八日に浅草花川戸から出火した火事は風に煽られ、本所深川にまで火の手がまわる大火となった。災難はつづくもので、それから二十日とたたぬ二十三日には新材木町で出火した火事が大川端から、霊岸島にまで飛び火し、このときは平蔵も小網町の道場が心配になって駆けつけ、伝八郎や甚内といっしょに火の手がおさまるまで気が気ではなかった。

あの火事のあと、諸式が値上がりしたのは事実だった。

「まったく江戸の火事には往生するぞ。去年の一月には芝の土器町《かわらけまち》と新和泉町から火を出したし、この三月には不忍の門前町から出火して上野の空が黒煙につつまれて大騒ぎになったろう」

「よく覚えているな」

「そりゃそうさ。火が出りゃ屋敷から人手も出さなくっちゃならんし、ことによっては炊き出しもせにゃならん。屋敷に飛び火せやせんかとやきもきするし、火消しの心付けなんぞで出費もかさむ。踏んだり蹴ったりとはこのことだ」

うんざり顔で佐十郎はぼやいた。

「どうにかならんもんかね、江戸の火事は……こう毎年、火ばかり出してちゃ、町方もたまったもんじゃなかろう」

「まぁ、な。なにしろ江戸の街は狭いところに人家が密集しておるし、住まいは木と紙でできているようなもんだから、チョイと火が出りゃ、すぐ大火になる。だから江戸には大工が掃いて捨てるほどいるんだろうな。隣の大工の女房なんぞ、ジャンと半鐘が鳴るたびに、ホラ、空からお銭《あし》が降ってくるよと、寝てる亭主をたたき起こすくらいだ」

「ははぁ、火事も大工にとっちゃ飯のタネか……」

「なんでも大火事になれば大工の日当が倍にはねあがるらしい」

「火事で大儲けか……」

「なに、大工なんか可愛いもんさ。木場の材木問屋なんぞ、大火のたびに千両箱がころげこむというから、あいた口がふさがらん」

「ふうむ。火事で泣く者もいれば、算盤《そろばん》はじくやつもいる、か。……世の中、うまくできておるのう」

一刻（二時間）あまり佐十郎と酒を酌みかわして、座を立ったのは六つ半（七時）をすこし過ぎたころだった。

玄関の外まで送りに出てきた文乃が、

「神谷さま。お使いだてしして申しわけありませぬが、これを矢部さまにお渡しくださいませぬか」

ためらいがちに小さな風呂敷包みを差し出した。

「このあいだ、お稽古に見えられたとき、足袋《たび》の爪先がほころびておりましたので旦那さまの足袋をかわりに差しあげ、暇を見てつくろっておきました。かわりの足袋がないと、さぞご不自由なさるだろうと思いますので……」

「ほう、それはそれは……いかい造作をかけた。なにせ、あやつはこまいことにはとんと無頓着な男ですからな。いや、文乃どのが手ずからつくろってくださったと聞けば伝八郎め、感激のあまり、この足袋を抱いて寝るやも知れませんぞ」

「ま……そのように大仰《おおぎょう》に申されては身がすくみまする」

文乃の頰が夜目にもパッと赤らむのがわかった。

ははぁ、こりゃもしかすると……。

平蔵、内心にんまりした。

この足袋、タダじゃ伝八郎に渡せんな……。

四

濠端の道を明地沿いに神田橋御門に向かって歩きながら、平蔵は陶然たる気分だった。

ほろ酔いの頰を春の夜風がここちよくなぶる。

濠端の満開の桜が春風に誘われてハラハラと散りかかる。

ひさしぶりに佐十郎と歓談できたことも、平蔵の気分を高揚させていた。

いまの佐十郎と、十年前の佐十郎は立場も身分もちがうが、それを平蔵に微塵も感じさせない佐十郎には、若くして側用人という要職に抜擢《ばってき》されるだけの器量が充分にある。おれは良い友をもったとつくづく思う。

くわえて懐中の紙入れには十八両の小判がある。

これで貧乏道場がひと息つけるというものだ。

毎月の支払いに頭を痛めている甚内の渋い顔もやわらぐだろうし、飲み代《しろ》をひねり出すのに苦労している伝八郎の懐中もうるおうというものだ。

しかも伝八郎への土産には、この足袋もある……。

懐中にねじこんである風呂敷包みをポンと手でたたいた。

伝八郎の足袋の爪先に穴があいていたのは平蔵も前から知っていた。

伝八郎が生家にいたころは、嫂《あによめ》の満代か、女中の琴が、着衣や足袋の洗濯やつくろい物をしてくれていたようだが、小網町の道場に住み込むようになってからは生来の無頓着もあって、着たきり雀も同然だった。

爪先にポッカリ穴のあいた足袋をはいたままで出稽古に来た伝八郎を見るに見かねた文乃が、かわりに佐十郎の足袋をはかせて帰し、汚れた足袋を洗って、穴をつくろってくれたのだろう。

捨ててしまってもいいのに、わざわざ洗濯して、みずからつくろう。

何気ない行為のようだが、そこに文乃の女らしい、そこはかとない心情を垣間見たような気がする。

一片の詩が、平蔵の口をついて出た。

孤庵《こあん》 雨を衝《つ》いて 茅茨《ぼうし》を叩《たた》く
少女 為《ため》に遣《おく》る 花一枝《はないっし》
少女 言わず 花語らず
英雄の心緒《しんしょ》乱れて 糸の如《ごと》し

花一枝が、ボロ足袋というのも伝八郎にはふさわしい。

あいつにも遅い春が訪れたかな、と笑みをうかべたときである。

ふいに三番明地の林のなかで刃《やいば》と刃が咬みあう鋭い音がひびいた。

広大な明地の樹間を星明かりの淡い光がこぼれ落ちている。

その樹間を縫って数人の黒い影がもつれあい、刃をまじえ、めまぐるしく跳びちがえては疾《はし》り、刃をふるう。

双方とも声を発しない異様な乱闘だった。

かれらの動きは恐ろしく敏捷で、並の者とは思えない。闇に刃が閃き、影がひとつ、虚空をつかんで倒れるのが見えた。ひとつの影が、もうひとつの影をかばいつつ刃をふるった。刃と刃が鎬《しのぎ》を削り、闇に火花が散った。距離はおよそ四十間（約七十メートル）ぐらいか……。

正邪はともかく、このまま見過ごすわけにはいかなかった。

平蔵は刀の鯉口《こいぐち》を切りながら疾った。

疾りながら叱咤《しった》した。

「きさまら、何者だっ。名を名乗れ！　次第によっては容赦せぬぞ！」

駆けつける平蔵を見咎めた曲者《くせもの》がひとり、林のなかから飛び出してきた。

鼠色の忍び装束をつけた曲者は刀を左八双にかまえ、地を這うような低い態勢から刃を横薙ぎに払ってきた。

大気を切り裂く迅速の刃に平蔵の剣がからみついた。

からんだ剣先を撥ね返すと、曲者の刃を巻きあげざま鋒《きっさき》をのばし、かたわらをすり抜けようとする曲者の首筋を刎《は》ね斬った。

達磨《だるま》落としのようにごろっと頭部が転がり、首を失った曲者の躰がつんのめるように地を舐めて突っ伏した。

林のなかからふたつの影が飛び出してきた。

ふたりは黒の忍び装束をつけていたが、そのひとりが迷うことなく濠に向かって身を躍らせた。

暗い水面にかすかな水音がして波紋が静かにひろがった。

残った黒装束のひとりは踏みとどまり、追いすがる三人の敵を迎え撃ったが、手傷を負っているらしく動きが鈍い。

懸命に反撃しようとしたが、じりじりと濠端に押しつめられている。

「お濠端もわきまえず刃傷沙汰とはなにごとだっ。双方とも刀を引け！」

怒号しながら殺到した平蔵に向かって、ひとりの曲者が素早く身を転じて襲いかかってきた。

平蔵は身を沈め、すくいあげるように胴を薙《な》ぎはらった。

どす黒い血しぶきが噴出し、躰をくの字に折り曲げたまま曲者は濠のなかに落ちていった。

「邪魔がはいった！　退けっ！」

残ったふたりは身をひるがえし、たちまち風のように樹間の闇に溶けこんでいった。

そのとき、濠端に膝をついていた黒装束が鋒をおのれの胸に押しあてるや、一気に刺し貫いた。

「おいっ。早まるな！」

平蔵が駆け寄るのを見て、黒装束が首を起こし、声をふりしぼった。

「か……かみやどの」

「な、なにぃ!?　きさま、なぜ、おれの名を……」

それには答えず、黒装束はカッと双眸を見ひらいて訴えかけた。

「お、おもんを……おもんを、た、たのみいる」

「なにぃ!?……おいっ。きさま、いったい何者だっ」

抱え起こしたが、黒装束はすでに息絶えていた。

五

——おもん……。

たしかに、そう聞こえた。

おもんという名の女なら知っている。佐十郎も知っている。

ただ佐十郎が知っているのは、小網町の料理屋「真砂」で女中頭をしている表のおもんの顔だけだが、おもんにはもうひとつ裏の顔がある。公儀隠密という、秘密の顔だ。

このことは剣友の矢部伝八郎と井手甚内も知っている。平蔵が磐根藩の内紛に首をつっこんだとき、暗殺された磐根藩次席家老の娘の希和《きわ》が敵の術中にはまって囚われの身となったことがある。

そのとき平蔵は伝八郎と甚内の助けを借りて希和の救出に向かったが、乱闘のさなかに炎につつまれ逃げ場を失ってしまった。紅蓮《ぐれん》の炎のなかで立ち往生していた三人を救いだし、活路をひらいてくれたのがおもんだった。

さらに平蔵は暗闇坂で刺客に襲われたとき、鳥追い女に身をやつしたおもんに助けられたこともある。

その夜、平蔵はおもんとふたりで一夜を隠れ宿ですごしたが、たとえ一夜の交わりでも、百夜《ももよ》の交わりより深いこともある。おもんとの交わりは平蔵にとってはいまだに忘れられないものだった。

――まさか、お濠に身を躍らせたあの黒装束が……。

平蔵は刀を納めると、濠端に駆けより、水面をのぞきこんでみた。

暗い水面は星明かりを朧《おぼろ》に映していたが、動くものの気配はなかった。

しかし、あの黒装束の跳躍には寸時のためらいもなかった。

あれから、それほど時がたっているわけではない。

隠密をつとめるほどの女が、よもや水に溺れたとは思えなかった。

るはずだ。

あの黒装束が、もしも、おもんだとしたら、この濠のどこかに身をひそめてい
平蔵は暗い水面に目を凝らせながら、濠端に沿ってすこしずつ移動した。

「おもん……」

平蔵は声を殺して呼びかけた。

「おれだ。……神谷平蔵だ。いるなら返事しろ。もし、口がきけぬなら、何か合図をしろ」

おもんを襲った集団が去ったとはいえ、彼方には神田橋御門の橋番所がある。

気づかれては厄介なことになりかねない。

平蔵は低い声で呼びかけながら、すこしずつ移動していった。

足元の石垣の下でバシャッと水の跳ねる音がした。

目を凝らすと、暗い水面に水の輪が静かにひろがるのが見えた。

「おもん、か……」

ささやきかけると、足元からかすかな声が這いのぼってきた。

「……神谷さま」

「おもんだな。……どこにいる」

目でせわしなく濠の石垣沿いを探った。

「ここです。神谷さまの、すぐ真下……」

まぎれもなく、おもんの声だった。

眼下の石垣の水際に、かすかに黒い影が動くのが見えた。

「わかった。安心しろ。いま、助けてやる」

そうは言ったものの、石垣の高さはおよそ三間（約五・四メートル）、手をのばしたところで届きそうもない。

――はて、どうしたものか……。

思案していたとき、濠の下から闇を縫い、音もなく細い縄が投げあげられてきた。縄の先に分銅がついている。

反射的に手をのばして分銅をつかみとり、石垣の下を見おろすと、おもんが縄につかまって這い登ろうとしていた。

「よし、いいぞ……」

張りつめた縄を肩にかけ、腰を落として踏ん張った。

肩に一瞬、ずしりと重みがかかったかと思う間もなく、するすると縄をつたわって黒装束のおもんが身軽に這い登ってきた。

ずぶ濡れのままのおもんを、平蔵はひしと抱き取った。

抱き取った手にぬるりと生温かい感触があった。血だった。

「どこを斬《や》られた」

「案じられますな。これしきの傷、どうということはありませぬ」

ほほえみかえすと、おもんは手早く黒装束を脱ぎ捨て、濠に投げ捨てた。

おもんは黒装束の下に地味な小袖を着けていたが、そのずぶ濡れの小袖も斬り裂かれ、血潮にどっぷり染まっていた。

平蔵はおもんを横抱きにすると明地の樹間に走りこんだ。

新緑の枝葉をいっぱいに広げている欅《けやき》の木の陰におもんをおろし、傷口を手早くあらためた。

左の肩と、右の手首、それに左の腿《もも》の三ヶ所に刀傷があった。

手首の傷は浅かったが、肩の刀傷は肩甲骨を一寸余も削り取っている。

腿の傷は肉がそぎ取られ、血がとめどなく噴きだしていた。

「よし、おぶってやるから、おれの背につかまれ」

腰を落とし、背中を向けると、おもんはためらいもなく躰をあずけてきた。

「どこがいい。おれの長屋でもいいか……」

「いいえ。この先の三河町の角に隠れ宿があります」

「ほう、この前の隠れ宿は暗闇坂の下だったな」

「ま、おぼえていてくださいましたか」

おもんが頬を背中に押しつけてきた。ずぶ濡れの女体がずしりと重い。

どういうわけか、いつも、おもんとは妙な道行きになる。

「さっきの仲間は何者だ。おれの名を知っていたぞ」

濠端を脇にそれ、細い路地に入りながら訊《き》いた。

「あれは……」

一瞬、おもんの声がくぐもった。

「粒来《つぶき》小《こ》平太《へいた》。……わたしの、兄です」

「なにっ⁉」

平蔵はたたらを踏んで立ち止まった。

「なぜ、それを早く言わん。兄者をあのままほうってはおけまい」

「兄は……兄は息がありましたか」

「いや、自裁し果てた。止める間もなかった」

「それでよいのです」

「なに……よいとはどういうことだ。兄者の亡骸《なきがら》をほうっておけというのか」

「はい。仲間の足手まといになるときは、活路をひらくため骸《むくろ》となって果てる。それが、忍びの掟《おきて》ですから」

さらりと言ってのけたが、その言葉とは裏腹におもんの躰が平蔵の背中で一瞬するどくふるえた。

「……わかった」

平蔵は路地の闇を拾いつつ、三河町をめざして急いだ。

第二章　巳年《みどし》の女

一

三河町に行くには、濠端の道に沿って神田橋御門の前を通るのが近道だが、星空が路面をほのかに白く照らしている。刀傷を負い、ずぶ濡れになっている女を背負って通るのは目立ちすぎる。

神田橋御門の橋番に見咎《とが》められたら辻斬りに出食わしたとでも言ってごまかすしかないが、小役人が相手では面倒なことになりかねない。手間取ればそれだけ傷の手当ても遅れる。

平蔵は武家屋敷のあいだの薄暗い路地を拾いながら走った。

おもんは平蔵の背中にぐったりと身をあずけたまま小刻みにふるえていた。手傷を負ったまま濠の水中に身を浸していたせいだろう。

刀傷はなによりも熱発が怖い。もし、破傷風にでもかかれば命取りになりかねない。気が急いた。

大沢豊後守と本多豊前守の屋敷のあいだの路地を抜けると、三河町一丁目と、二丁目の境目に出た。

おもんは忍びの隠れ宿は二丁目の角だと言ったが、角地にあるのは厳めしい土塀をめぐらせた、門構えも立派な、ひとかどの武家屋敷である。

門扉はとざされていたし、屋敷内は闇につつまれている。

「おい。まさかここじゃないだろうな」

おもんに問いかけたとき、まるで待っていたかのように門扉の脇の通用門の戸があき、手燭《てしよく》をかざした十五、六の小娘が顔をのぞかせた。

「……おもんさま！」

目ざとく平蔵の背中につかまっているおもんを見て、小娘は駆けよってきた。

「おもどりなされませ」

「小笹《こざさ》……」

背中から、おもんが呼びかけた。

「見てのとおり不覚をとりました。神谷さまに手当てをしていただきますゆえ、金創《きんそう》の薬と晒《さら》しを頼みます」

「かしこまりました。さ、どうぞ……」

おもんが神谷の名を口にしただけですぐに了解したところを見ると、この娘は平蔵のことを以前からおもんに聞かされていたらしい。

平蔵はおもんを背にしたまま、腰をかがめて通用門をくぐりぬけた。

飛び石を踏んで玄関に向かうと、式台に半白の髪をきちんと切り髪にした老婆が座っていた。

どこかで見た婆さんだと思ったら、先年、暗闇坂で闇討ちにあい、おもんに助けられ隠れ宿に身を寄せたとき顔をあわせた婆さんだった。

「お婆《ばば》さま。今夜は神谷さまに危ういところを助けていただきました」

おもんが背中からすべりおりて声をかけたが、婆さんはかすかにうなずき、平蔵をじろりと一瞥《いちべつ》しただけだ。えらく無愛想《ぶあいそう》な婆さんである。

おもんは左足をひきずりながら式台にあがりかけたものの、ふらりと躰をぐらつかせた。とっさに平蔵が抱きとめ、腰をすくい、抱きあげた。

「無理をするな。金創を甘く見ると命取りになりかねんぞ」

叱りつけると、おもんを横抱きにし、草履《ぞうり》を脱ぎ捨て、式台にあがった。

小笹が手燭をかざしながら素早く先に立ったが、婆さんはついてくるようすもない。無愛想に横着の輪をかけたような婆さんではある。

小笹は廊下の角を曲がると、突きあたりの離れ部屋に案内した。

小笹が手燭の火をおおきな丸行灯《まるあんどん》の火皿に移しかえた。ほのかな灯りがやわらかく室内を照らした。

「まず、おもんの着替えだ。それと手洗いの水を頼む」

「はい！」

小笹はすぐに廊下に飛びだしていった。

おもんは安心したのか、平蔵の腕のなかでぐったりしている。

「それにしても、これが隠れ宿とは豪勢なものだな」

広さは十二畳ぐらいのものだが、書院造りの立派な部屋だった。

二間《けん》幅の床の間にはみごとな墨痕の掛け軸がかけられているし、欄間に彫られた波千鳥もなかなかのものだ。

大身旗本である神谷家の書院よりも凝った造りである。もとはよほど裕福な旗本の屋敷だったにちがいない。

小笹が大きな油紙と着替えの小袖、二布《ふたの》（腰巻《こしまき》）、それに何枚かの手ぬぐい、水を張った盥《たらい》、燭台、百匁蠟燭《ひゃくめろうそく》と、急場に入り用の品をつぎつぎに運んできた。

油紙をひろげておもんをおろし、まず、小笹に手伝わせて、ずぶ濡れの小袖を脱がせた。乾いた手ぬぐいで躰を拭くと手早く新しい小袖に着替えさせた。

おもんは髪を女髪ではなく肩の下で切りつめ、うなじの後ろでくくっていた。くくり紐を切り、惣髪《そうがみ》にしてやった。

小袖の下に乳押さえの晒しが巻いてあり、なにやら白絹でしっかりと包みこんだ品物が、晒しの胸の狭間に押しこまれていた。乳房のあいだに無理に押しこんだものらしく、包みの上半分がはみだしている。

「なんだ、それは……」

見咎めたが、おもんは答えず、急いで包みをつかみ出そうとした。そのとき、金色《こんじき》に光る品が白絹の布からこぼれ、平蔵の目の前にずしりところがった。

一匹の金色の蛇がとぐろを巻いて鎌首をもたげている。双眸が行灯の明かりに照り映え、赤く透きとおるように輝いていた。

三寸大の、みごとな黄金《こがね》造りの蛇の置物だった。

「ほう！　こいつはよくできている」

拾いあげた平蔵は思わず感嘆の声をあげた。

蛇のちいさな鱗の一枚一枚までが精緻《せいち》に刻まれ、赤く輝いている双眸は南蛮渡来の紅玉という宝石を埋めこんだものらしい。蛇は髑髏《どくろ》を抱きすくめるようにとぐろを巻いている。髑髏は瑪瑙《めのう》を刻んだものだった。

「どこで、こんなご大層なものを手にいれたんだ」

「それは……」

言いよどんで、おもんは目を泳がせた。

「お守りですよ……わたしは巳年《みどし》の生まれですから」

お守りというには大きすぎる。苦しまぎれの口実だろうが、詮索をしている暇はなかった。

ひとまず黄金の蛇を床の間に置き、傷の治療にかかった。

手首の傷は四、五日もすれば治る軽傷だったが、太腿の傷は四寸大、鋒《きつさき》が斜めに斬りあげるように入っていた。深さは五分ぐらいだが大腿筋を掠《かす》めている。

肩の傷は三寸大、骨が白く見えていた。下から撥《は》ねあげた鋒が肩の肉をえぐりとったものと診《み》たが、血脈ははずれている。出血はむしろ太腿のほうが多かった。

「まず、太腿の血止めからはじめよう」

「治るまでどれくらいかかります」

「そうだな。太腿のほうは早ければ十日、肩の傷は二十日というところだろう」

「そんなに……」

「傷をこじらせれば、二十日で治るものが三月、半年になる。ま、保養だと思って辛抱するんだな」

「わかりましたよ……」

おもんはかすかに溜息をもらすと、観念したように眼をとじた。

平蔵は入念に手指を洗いおえると、おもんを抱きかかえ、右側を下にして寝かせた。

まず、焼酎で左の太腿の傷口を洗いはじめた。

薄い桃色の肉がスーッと縦に割れている。その溝を焼酎で何度も洗い流した。

焼酎が傷口からあふれ出し、油紙にしたたり落ちる。焼酎の強い酒精で傷口を焼くようなものだ。

血脈が破れているときは火で焼いて血止めすることもあるが、出血のようすから見てそこまですることはなさそうだった。

焼酎が傷にしみるのだろう。おもんは歯を食いしばり、うめき声を噛み殺した。

太腿が鋭く痙攣《けいれん》し、爪先が弓なりに反りかえった。

金創の膏薬《こうやく》を傷口に塗りこんだあと、足を動かさぬよう、太腿から膝頭までしっかり晒しを巻きつけた。

左肩はさいわい出血がすくなく、焼酎で傷口を洗い、膏薬を塗りこみ、晒しを肩から脇にかけて巻きつけた。

「これでおよそ血は止まるだろうが、足の筋を動かせば塞がりかけた傷口が破れてしまう。まず五日のあいだはおとなしく寝ていることだ」

最後に右手首の治療にかかりながら言いふくめた。

「五日も寝たきりですか……」

「下手をすれば傷口が破れて膿《う》みかねない。早く動けるようになりたければ言うとおりにしろ」

「でも……厠《かわや》を使わないわけにはいきませんよ」

「尿糞《ししばば》の始末には御虎子《おまる》を使えば寝たままでも用は足せる。御虎子を使うときも、できるだけ左足は曲げないほうがいい」

「だって……しゃがまなくっちゃ用は足せませんよ」

「小笹に手伝ってもらうんだな。片足を伸ばしたままで用を足すようにしろ」

「そんな、赤子《やや》もいないのに御虎子なんかここにはありませんよ」

「なければ明日にでも会津屋に使いをやって買わせるんだな」

御虎子は別名を小厠《おかわ》とも言う。幼児や病人用の便器で、漆問《うるし》屋の会津屋が専門に売り出したことから「会津屋」とも呼ばれている。

前に小便返しがついた楕円形の桶に黒漆が塗ってあり、なかには臭いが外にもれないよう蓋のついた上物もある。

「でも、御虎子なんかじゃ、出るものも出やしませんよ」

「だったら、おしめにするか」

「もう、意地のわるい……」

おもんは恨めしそうに平蔵をにらんだ。

気持ちはわからなくはないが、いちいち患者の注文をうけつけていては外料《がいりよう》(外科)の治療はできない。

「たった五日の辛抱だ。我慢しろ」

「わかりましたよ」

さすがに気が弱っているのか、おもんはあきらめたようにうなずいた。

一年前のおもんとは見違えるほど面変わりしていた。

平蔵が知っているおもんは、料理屋「真砂」の酒席で女中頭として客をあしらっていたかと思うと、一転して鳥追い女や夜鷹に身なりを変え、修羅場に出没する隠密のおもんだった。

そういうときのおもんは、髪形もさまざまに変え、艶やかに化粧もしていた。それが、いまは髪も短く切りつめ、素顔をさらしたままである。

その表裏を使いわけることが、おもんの宿命なのだろう。

とはいえ、おもんは半刻前に兄の死に直面している。その亡骸《なきがら》をあえて見捨てたのだ。胸のうちには悲痛な思いがあるはずだが、それを気《け》ぶりにも見せない気丈さが、なんとも痛ましかった。

百匁蠟燭の焰が油煙をあげ、音もなくゆらめいた。

手を洗いながら、床の間に目をやった。

金色の蛇の赤い双眸が妖しい光芒を放って、凝《じ》っと平蔵を見返していた。

二

平蔵が新石町の長屋にもどったのは五つ半（午後九時）すぎだった。

常備している鎮痛丸を飲ませると、おもんは間もなく軽い鼾《いびき》をもらし、深い眠りに落ちた。いまは睡眠がなによりの妙薬である。

小笹は利発そうだし、こまめに動く。介護人にはもってこいの娘だ。

明日の夜、ようすを見にくるが、容態が変わったら夜中でもかまわん、すぐに知らせろと言いおいて帰った。

朝まで付き添っていてやろうかと思ったが、治療がおわるとすぐに婆さんがやってきて座りこんだまま動こうともしない。

おもんの容態を聞こうともせず、さっさと帰れと言わんばかりの冷ややかな眼ざしだった。

——ありゃ、なにやら人間離れした婆さんだな……。

まさか、あの婆さんが隠密の頭目とは思えないが、それにしてはえらく威張りくさった婆さんだった。

いったい、おもんはだれの命令で動き、なにをしようとしているのか……。

あえて詮索しなかったが、あの黄金の蛇もなにやらうさんくさいしろもののような気がする。

濠端での乱闘も、あの金色の蛇をめぐっての争いなのか。

——しかし、どんな高価なものにしろ、たかが床の間の置物ではないか……。

そのために何人もの人間が殺しあい、命を落としている。

そんな空しい争いごとの渦中に生きなければならないおもんの宿命を思い、平蔵は暗澹とした。

小笹に借りてきた提灯《ちょうちん》の灯りを踏みながら木戸を通って路地に入った。

長屋はどこも寝静まり、灯りがもれているところはなかった。

腰高障子をあけて暗い土間に入り、提灯の火を行灯にうつした。

佐十郎から受けとってきた十八両と、文乃からあずかったボロ足袋を箪笥の引きだしにいれると、着替えをすませた。

ソボロ助広《すけひろ》の血脂《ちあぶら》を柔らかく鞣《なめ》した鹿革できれいに拭《ぬぐ》いとった。さいわい刃こぼれはなかった。打ち粉をたたいて鞘に納めた。

台所から白鳥《はくちょう》徳利と、朝の食べ残しの沢庵をもってきて行灯のかたわらにあぐらをかいた。

沢庵をかじりながら茶碗酒を飲みはじめたとき、表の腰高障子がためらいがちに引きあけられる音がした。

「だれだ……」

土間に目を向け、素早く刀をひきつけた。あとを跟《つ》けられた気配はなかったが、斬った相手は忍びの者である。油断はできなかった。

「もう……そんな、おっかない声をださないでくださいな」

下駄を踏む足音がして、お品《しな》が顔を見せた。

「なんだ、お品さんか……」

「あら、なんだとはご挨拶ね。ほかに夜中に忍んでくるようなおひとでもいらっしゃるんですか」

笑みをふくんだ目で睨むと、お品は提灯の火を吹き消し、布巾をかけた瀬戸鉢をかかえてあがってきた。藍地の単物《ひとえもの》に錆朱《さびしゅ》の帯がよく映えている。

「今日は鯛のいいのが入ったので兜煮《かぶとに》にしてきましたよ」

「ほう。そいつは豪勢だな」

「いま、お箸をもってきますすね」

お品はいそいそと腰をあげると土間におりていった。なんだか姉さん女房でももらったような妙な気分だ。

お品は表通りの小間物屋「井筒屋」の女主人《おんなあるじ》である。

一度、婿取りをして佐吉《さきち》という子までもうけたが、婿の女癖が悪く、思い切って離縁し、いまは独り身である。

疝気《せんき》もちで、発作が起きるたびに平蔵に往診を頼みにきていた。

どちらから手を出したというわけでもないが、いつの間にか肌身をあわせる仲になっている。

からりとした気性の女で、平蔵がどこでなにをしていようと詮索がましいことを口にしないところが気楽でいい。

おたがいに独り身の侘しさを埋めあうだけの仲と割り切っている。

たしか平蔵よりひとつ年上のはずだった。

十日に一度ぐらい家人が寝静まってからやってくるが、お品は長屋の女房たちや、木戸番に気配りをかかさないし、これまで女ひとりで息子を育ててきたことをみんな知っているから、口うるさい長屋の女房たちも冗談半分にからかいこそすれ陰口をたたくようなことはなかった。

お品が台所の火皿に灯りをつけ、包丁を使いはじめる音がした。

その包丁の音が、ふと縫を思いださせた。

縫の包丁使いの音とそっくりだった。

縫は夫に死に別れ、この長屋に伊助という子と住んでいた女だった。

伊助が旗本の家士に乱暴されていたのを助けてやったのが縁で、診療所の手伝いをしてくれているうちに情が通いあい、わりない仲になり、通い妻のように夜中になるのを待って足音を殺して忍んできた。

武家の妻女だけに挙措《きよそ》もつつしみ深く、伊助も「おじちゃん、おじちゃん」となついていたから、平蔵も一時は縫と所帯をもってもいいと思った。

ところが、伊助が磐根藩主のご落胤《らくいん》だとわかり、育ての親の縫ともども磐根藩に引き取られた。

伊助は伊之介ぎみとして正式に磐根藩の世継ぎとなり、縫は乳人《ちのひと》として二百石の扶持をもらう身分になっている。

それはそれで二人のためにはよかったと思っているが、いまだに平蔵の胸のうちにはホロ苦い思いがつきまとっている。

二度と子持ちの女とはかかわりをもつまいと思っていたが……。

思いどおりにならないのが、男と女というものらしい。

茶碗酒を飲《や》りながら、ぼんやりそんなことを考えていると、お品が小鉢を手にもどってきた。

大根の千切りに削り節をのせ、醬油をかけまわしただけのものだったが、

「うむ。これはいける」

大根の辛味とサクサクした歯ざわりが利いている。

鯛の兜煮もすこし甘みをきかしたタレが煮詰まっていて絶妙だった。

「この煮汁を煮こごりにするとうまかろう」

「はい。そうおっしゃるだろうと思って煮汁をたっぷり入れておきました」

「そりゃありがたい」

煮こごりは飯の菜《さい》にも酒の肴《さかな》にもなる。残っても火さえ入れておけば二、三日はもつ。平蔵の顔がほころびた。

お品を相手に飲んでいると、つい、さっきまで血臭《ちしゅう》にまみれていたことが絵空事のような気がしてきる。

「どうだ。相伴《しょうばん》をせぬか」

飲みほした茶碗を差しだし、酒をついでやった。

「あまり飲ませないでくださいな。すぐ顔に出るたちなんですから……」

そう言いながら、お品は白い咽《のど》をそらせて一気に飲みほした。

差しつ、差されつしているうちに、お品の顔がほんのり色づいてきた。

「ところで巳年生まれというと、いくつになるんだね」

「ま、いきなり何をおっしゃるやら……巳年生まれは、たしか今年で三十五になるはずですよ」

　ふいに唇をとがらせ、すくいあげるように睨《にら》んだ。

「まさか、わたしが巳年生まれと思ってらしたんじゃないでしょうね」

「ん？」

「いやですねぇ。わたしは申《さる》だから、今年で三十二ですよ」

「ふふふ、えらくむきになるじゃないか。おれは女の年なんか、ついぞ気にしたことはないがね」

「あら、だって巳年生まれはいくつだなんておっしゃるから……」

　やっと、お品も勘違いに気づいたらしい。

「もしかして巳年生まれのおひとをご存じなんですか」

「いや、そういうわけじゃないが……」

　まさか、おもんのことだとは言いにくい。

「なに、今日、道場に入門してきたのが巳年生まれだと言ったもんでな」

　とっさにごまかしたが、お品は信じちゃいないようすだ。

「ま……なんの道場だか、怪しいものね」

　お品はくすっと笑うと、腰をきゅっとひねってすり寄ってきた。

「なんでも巳年の女は怖いそうですよ」

結いあげた髪をかしげて、ふくみ笑いした。

厚みのある腿が平蔵の膝にふれ、肌のぬくもりが伝わってくる。

「なに、巳年でなくても女は怖いものさ」

「ま、憎らしい……」

お品は仰向きながら平蔵の腕にぐったりと躰をあずけてきた。髪油の香料が鼻孔をくすぐる。

身八《みや》つ口から手をさしいれ、乳房をまさぐった。子を産んだお品の乳房は掌にあまるほど持ち重りがする。とても三十路の女とは思えない張りがある。むっちりと弾む乳房を掌のなかにつつみこんだ。

ひんやりした乳房は絹のようになめらかで、めりこんだ指をやんわりとうけとめてははじきかえす弾力にみちている。

男が女にもとめるものは安らぎである。女体がもつまろやかなふくらみとうるおいである。躰をつなぐことは男にとっては交媾《まぐわ》いのしめくくりのようなものだ。

乳房のふくらみにふれていると、男は嬰児《えいじ》のころにもどったような安らぎを覚えるのかも知れない。

乳房というのは不思議なものだ。嬰児に乳をあたえているときの女の顔は穏やかな母性に満たされているが、男の手に愛撫されると女の乳房は一転して性感を高める器官に変わるらしい。

「六日ぶりですよ……あ、そんな、もう」

お品は身をよじった。乳首が粒だち、堅くしこっている。指でつまむと、お品はぴくんと躰をふるわせた。

「あ、あ……そうされると、わ、わたし」

白い腕を平蔵のうなじに巻きつけ、お品は咽をそらせてしがみついてきた。縫もそうだったが、子を産んだ女は性感が鋭敏になるらしい。

息づかいが乱れはじめ、唇が平蔵のうなじを這い、耳朶《みみたぶ》をくわえ、軽く歯をあててきた。熱い吐息が耳の奥に吹きつける。

お品の裾前はとうにはだけて、水色の長襦袢《ながじゆばん》から白足袋の足が泳ぎだした。

お品は腰を切なくゆすりあげると、唇をあわせて舌をこじいれてきた。

舌と舌をからませ、ぬめる唾液をむさぼりながら、お品は平蔵のあぐらのあいだに豊かな臀《しり》を割りこませてきた。

躰は火のように熱かったが臀の肉だけはひんやりしている。臀のまろみは指でつかむと、めりこむほどの厚みがあるが、すぐにはじきかえすたくましい弾力にみちている。臀の肉はひんやりしているが、はざまの肉は熱をもってうるんでいた。

はざまのうるみを指で探りかけると、お品はぎゅっと腿でしめつけた。

「だめ。……まだよ、まだ」

平蔵のうなじに腕をからませたまま、お品は片手でせわしなく帯紐を解いた。水色の長襦袢の襟前から乳房があふれるようにこぼれだした。

薄い絹の長襦袢をかきわけ、なめらかな腹のふくらみを掌でなぞった。白い二布におおわれた太腿が青白く見える。

太腿の狭間の陰りを掌でつつみこんだ。陰りは熱を帯びて湿っていた。

お品は身を起こすと、背を向けて二布をするりと剝《は》ぎとった。

水色の長襦袢の下に白い裸身が透けて見えた。

くびれた腰から臀のふくらみがたとえようもない蠱惑《こわく》にみちている。

後ろから抱きすくめると、お品は腰をひねり、堰《せき》を切ったようにしがみついてきた。畳んであった搔巻をたぐりよせ、お品の躰を包みこんだ。

「神谷さま……」

しがみつきながら、お品は喘《あえ》いだ。

「もう、三十二なんですよ。わたし……」

「それがどうした。おれは桃割れの小娘よりも、年増《としま》のほうがずんといい」

「ま……」

甘えるように頰をこすりつけてきた。指に吸いついてくるような滑らかな内股を静かに撫ぜおろし、やわらかな茂みをさぐった。茂みの奥はとめどなく湧きだす露でぬめっている。

「きて……はやく、きてくださいな」

お品はうわごとのように喘ぎつつ、ゆっくりと腿をひらいて迎えいれた。深ぶかと躰をつなぎあわせると、お品はみちたりた声をあげた。

お品は狂ったように腰をゆすりあげ、熱にうかされたようにくりかえし喜悦の声を放った。両手の指で平蔵の惣髪をかきむしり、後ろで束ねてあった元結《もとゆい》まで引きちぎると、お品は身をよじって起きあがり、躰を反転して平蔵の腰に跨がってきた。

両手でしっかりと躰をささえ、ひざまずいたまま双の太腿を思うさまひらいて臀をゆっくりとまわしはじめた。

髷《まげ》もがっくりと崩れてしまい、ほつれ毛が額に、頰にまつわりついている。おしよせてくる官能の疼《うず》きに身をゆだねているのだろう。眉根をぎゅっと寄せ、唇を嚙みしめている。目はなかばひらいていたが、何も見ていなかった。

お品の臀のうごきが速くなってきた。

双の乳房がふたりの胸のあいだでおおきく揺れている。乳首がそり立って、粒だっている。お品は両手でその乳房をもちあげると、ぎゅっとつかみながら背筋を鋭くそらせた。

「あ、ああ、ああっ！　う、浮く……か、からだが浮く……浮いてくる」

悦楽のきわみを迎えたのか、お品はひとしきり腰をはげしく痙攣させると、獣のようなうめき声を放った。

がくっと首を落としたお品は、くずれるように平蔵の胸に突っ伏してきた。

頰を平蔵の胸におしあて、お品は死んだように動かなくなった。

「おい……」

平蔵は手をのばし、お品の顔をはさみつけた。

「どうしたんだ。今夜は……」

「いや、見ないで……」

お品は顔をおしつけると全身を平蔵にあずけて、いやいやをした。

「はずかしい……」

消えいるような声でささやいた。

なにを、いまさら……。

おかしくなったが、妙に可愛くもあった。

汗にまみれた背中を静かに撫ぜてやった。乳房がふたりの胸のあいだでひしゃげて、搗《つ》きたての餅のようにやわらかくつぶれていた。

お品は男勝りの気性で、房事《ぼうじ》でも外聞を気にしない大胆なところがあるが、今夜はいつもと、どこかちがっていた。

もしかしたら巳年の女に妬心《としん》を燃やしたのかも知れなかった。

三

翌朝、平蔵は軒端《のきば》でにぎやかに囀《さえず》る雀の鳴き声で目がさめた。

お品はいつものように平蔵が眠っているうちに帰宅したらしい。髪油や薄化粧の匂い、それに肌の残り香がほのかにただよっていた。

小笹からなにも連絡がなかったところをみると、おもんの容態は落ち着いているのだろう。

刀傷は最初の手当てさえちゃんとやっておけば、あとは日数がたてば癒えてくるものだ。案じることはなさそうだった。

明け六つを知らせる鐘の音を聞いているうちに腹の虫がさわぎだした。

昨日は桑山佐十郎の長屋で酒肴を馳走になったきりで夕飯は食っていない。

急いで起きだして、顔を洗い、塩で歯を磨き、飯を炊こうと米櫃《こめびつ》をのぞいたら米が底をつきかけている。

昨日、買いもとめるつもりが、ころっと忘れていたのだ。

朝っぱらから米を貸してくれんかと頼みにいくのも気がひける。

米櫃の底をはたけば、なんとか二合ぐらいはありそうだった。

二合では釜で炊くわけにもいかないから、土鍋で炊くことにした。七輪に炭火をおこし、土鍋をかけて飯を炊いてみたら、けっこううまく炊けた。

七輪の残り火で豆腐と葱の味噌汁をつくり、炊きたての飯に鯛の煮こごりをのせて食った。

ぬくぬくの飯にのせた煮こごりがとろりと溶けかけるところを箸でかきこむ。

鯛のうまみが飯にしみこんで、なんともいえずうまい。

二合の飯をぺろりとたいらげ、満腹したところで洗濯にかかった。

洗濯といっても褌と足袋ぐらいだ。水道枡《ます》に盥《たらい》をもちだして褌を洗いかけていたら、隣の大工の源助《げんすけ》が足を引きずりながらやってきた。梯子《はしご》を踏みはずして足をくじいたと言う。

湿布をしてやったら「今日は仕事を休んだほうがいいんでしょうね」と言う。女房におうかがいを立ててみるんだなと言ってやったら「それじゃぁだめだな」とぼやきながら帰っていった。

洗いものを片づけていると、隣から源助の女房のおよしが「じょうだんじゃないよ、ちょいと足をくじいたぐらいで、いちいち仕事休んでたらおまんまの食いあげだよ。あたしを日干しにする気かぇ」と怒鳴っている声がした。

褌をしぼっていると、道具箱をかついだ源助が足を引きずりながら情けない顔で表に出てきた。

うまくいかなかったようだな、と声をかけてやると、

「むかしゃ、あんな女じゃなかったんですがねぇ」

目をしょぼつかせてぼやいたから、家でごろごろしていてカミさんにぎゃあぎ

ゃあ嚙みつかれるより、仕事に出てるほうが気楽だろうが、と言ってやったら、

「へへへ、さすがに女で苦労なさってるだけのことはありやすね」

ぺろりと舌を出して仕事に出ていった。

源助は気のいい男だが、いつも、ひとこと多い。

朝のうち、診療所にやってきた患者をひとしきり診《み》たあと、医務衣を脱いで絣《かすり》の単物《ひとえもの》に着替え、軽衫袴《かるさんばかま》をつけ、亡父の形見である井上真改《いのうえしんかい》を落とし差しにした。

薬箱のなかから佐十郎からもらった十八両を出して巾着に入れ、文乃からあずかってきた心尽くしの足袋といっしょに懐にねじこんだ。

看板の釘に「本日休診」の合図がわりにしている瓢簞《ひょうたん》をぶらさげていると、洗濯物をかかえて出てきた隣の女房のおよしが意味ありげな目で笑いかけてきた。

「あら、せんせい。ゆうべはご馳走さま」

「ん？　なんのことだ」

「ふふ、とぼけたってだめですよ。……いつもお盛んでよござんすね」

「あ、おい。およしさん……」

「ねぇ、せんせい……」

およしは妙な目つきをして平蔵に腰をすりよせてきた。

「うちのひとに精をつけるような妙薬はありませんかねぇ」

「そんなものがありゃ、だれも苦労はせん」

「だって前の公方《くぼう》さまなんぞ、げっぷが出るほどお妾《めかけ》さんをかかえていたくせに、他人《ひと》さまの奥方にまで手をつけていたっていうじゃありませんか」

「………」

「それが、うちのひとときたら女房ひとりもてあましてるんだから、情けないっちゃありゃしない」

どこで聞きかじったのか、およしは前将軍綱吉の女漁りの噂までもちだして亭主をこきおろした。暇をもてあましている将軍とくらべられちゃ源助もたまったものじゃない。

「源助は毎日外でくたくたになるまで働いてるんだ。夜も気張らせようというんなら、せいぜい泥鰌《どじょう》か、鰻《うなぎ》でも食べさせて元気をつけさせてやるんだな」

「へえ。泥鰌ってのはほんとにきくんですか」

「泥鰌や鰻だけじゃないぞ。山芋のようにぬるぬるした食い物も精がつくものだ」

「ま、ぬるぬるだなんて、いやだ、もう！」

およしは何を勘違いしたのか、おおきな尻をどんと平蔵にぶっつけてきた。

「もしも、うちのひとにとろろ飯を食べさせてご利益がなかったら、どうしてくれるんです、せんせい」

いくら医者でもそこまで責任はもてない。さっさと長屋をあとにして、小網町の道場に向かった。

昨日、佐十郎からあずかってきた出稽古料を早く届けてやりたいと思ったからである。なにしろ伝八郎はこのところ、顔をあわすたび、ろくに酒も飲めんとぼやいてばかりいる。師範代の手当ては月一両にもならないから、伝八郎の懐はすぐに底をついてしまう。たまにはうまい酒を飲ませてやりたかった。

道場についてみると、二十人ばかりの門弟が竹刀《しない》の音を響かせていた。

師範の井手甚内が見所《けんぞ》で門弟の稽古を見ていたが、立ちあがって平蔵に近づいてきて離れのほうを目でしゃくった。

伝八郎が柄にもなく風邪をひいて寝込んでいるという。

「ほう、めずらしいこともあるもんだ。さしずめ鬼の霍乱《かくらん》というところだな」

「なんの、ゆうべちくと飲みすぎて掻巻をはねとばしたらしい。おおかた寝冷えでもしたんではないかの」

「ははぁ、飲みすぎるほど小遣いがあるならけっこうなことだ」

懐から十八両入りの巾着を引きずりだした。

「昨日、磐根藩から出稽古料をもらってきたんだが、こいつを伝八郎に見せてやれば風邪など吹っ飛ぶんじゃないかな」

「そりゃいい、矢部くんにはなによりの妙薬だろう」

伝八郎が寝ている離れの部屋に顔を出してみると、もう昼近いというのに雨戸をしめきったまま、頭から掻巻をかぶって寝ていた。

「おい。往診にきてやったぞ」

声をかけると伝八郎はもぐらみたいに掻巻から顔をのぞかせた。

「おお、神谷か。……見てのとおり風邪をひきこんでな。ちょいと妙薬を調合してくれんか」

「ばか。風邪に妙薬なんぞあるもんか。熱い粥《かゆ》でもすすって寝ていることだな」

「ちっ！　風邪ひとつ治せんようじゃ、医者の看板なんかおろしてしまえ」

また掻巻を頭からかぶりかけた。

「おい、きさまの風邪にはこれがいちばん効くんじゃないか」

チャリンと枕元に小判を投げてやった。

「……ん？」

とたんにむっくり顔をあげた伝八郎、搔巻をはねとばして起きあがった。

「おっ、出稽古料か」

気負いこんで手を出しかけた伝八郎の鼻孔が提灯のようにふくらんだかと思うと、強烈なくしゃみを一発放った。

鼻の穴からずるずるっと糸をひいた洟水《はなみず》を無造作にてのひらでこすりあげると、ぐいと搔巻になすりつけてしまった。

「汚いな、鼻紙ぐらい使え」

「そんな面倒なものはもっておらん」

馬の耳に念仏で聞き流し、いそいそと膝を乗りだした。

「その出稽古の配分だがな。月に三両では、ちと心細い。ちびっと色をつけてもらえんかの」

ぐしゅぐしゅと洟水をすすりあげながらも、目は小判に吸いよせられている。

「欲を言い出せばきりがないぞ。きさまは家賃はかからんし、米や味噌などの食い扶持の掛け取りは道場の入費から支払っているんだ。つまり、三両はそっくり飲み代《しろ》にまわるわけだろう。いい小遣いだと思うがな」

「う、う……」

たちまち伝八郎は反論に窮したが、

「とはいえだな、井手さんには寺子屋、神谷には医者という別途の実入りがあるじゃないか。その点、おれは道場一筋に励んでおるゆえ、ほかに実入りはない。そこのところをちくと配慮してもらいたいというわけよ」

「ふうむ……」

伝八郎の言い分は理解できなくもない。

先月、出稽古料をもらったとき、甚内はそのうち半分は不時の出費に備えて蓄えておき、残りの九両を三人で等分することにしたいと言ったのだ。

道場も道具も月日がたてば傷む。その修理に金が必要になるし、万が一の火事や地震にも備えねばならないという。

もっともだ、と平蔵は合意した。

伝八郎もそのときは納得したが、また気が変わったらしい。

「よかろう。おれは道場稽古にはほとんど貢献しておらん。もっぱら井手さんと伝八郎にまかせっぱなしだ。それで配分が一人前というのでは虫がよすぎる。おれは二両でいいから、その分を伝八郎にまわすということでどうだ」

と提案したが、

「そりゃいかん」

今度は井手甚内が納得しない。

「神谷くんには道場を手にいれるとき、大金を出してもらっておるからの。そのうえ配分をへらすわけにはいかん。かといって不時の備えもかかすわけにはいかん。ここは矢部くんに我慢してもらうしかあるまい」

あいかわらず甚内は堅いことを言う。

「そりゃそうだ。神谷の取り分を横取りするわけにはいかん。三人はあくまでも平等でなくてはいかん」

言い出しっ屁の伝八郎があっさり反論をひるがえし、チンと手洟をかんだ。

「こりゃ、やっぱり当初の決めどおりがよさそうだの」

この淡白さが伝八郎の美徳でもある。

「おい、おれがいいと言ってるんだから、いいじゃないか」

「いや、きさまの上前をはねてまで飲む気はせん」

そう言った口の下から、にやりと平蔵を目でしゃくりあげた。

「その分、きさまにたかることにすれば帳尻があうというもんだ。な、な」

なんとも奇妙な帳尻あわせだが、それで伝八郎の気がすむならよかろうと平蔵は苦笑した。

「そうだ。きさまに、いい土産をもってきてやったぞ」

平蔵がふところからボロ足袋を取りだすと、伝八郎はキョトンとした。

「なんだ、こりゃ……」

「なんだとはなんだ。よく見ろ。きさまが出稽古にはいていったボロ足袋を、文乃どのがわざわざつくろってくれたそうだ。あだやおろそかに思うな」

「なになに……文乃どのが」

伝八郎、目をひんむいた。

「ま、まことか！　あの、文乃どのが手ずから……」

鼻の穴がふくらんで、声もうわずっている。

「どうだ。風邪などひいちゃおれんだろうが」

「ばかを言え。もともと風邪などひいちゃおらん。な、このとおりよ」

勢いこんで起きあがった途端、水っ洟がずるりと尾をひいた。

伝八郎は、去年、とんでもない尻軽女に惚れて、苦《にが》い思いをした。

今度ばかりは実らせてやりたいものだ、と平蔵は思った。

四

伝八郎の風邪は熱もなく、水っ洟が出るだけのことだが、春の風邪はこじれると長引くことが多い。

「いいか、風邪だからといって甘くみちゃいかん。早めに治すことだ」

「わかっておる」

「それにはちゃんと食うものを食って、よく眠る。それがいちばんの妙薬だ。下手な薬など飲まんほうがいい。胃の腑が荒れるだけだぞ」

「う、うむ……」

生返事をして伝八郎は口ごもった。

「それがだ、な。食いたくても肝心の米櫃が底をついていて、昨日の朝から飯というものを口にしておらんのだ」

「そりゃどういうことだ。酒を飲むだけの銭があれば米の一升や二升、らくに買えるだろうが」

「う、うむ。そこのところで、わしゃ迷ったのよ」

「迷った？　どうも、きさまの言うことはわからんな。はきと言え、はきと」

「実は、の……」

伝八郎は溜息をついた。

「米櫃が底をついたのは一昨日だが、そこで米を買うべきか、酒を飲むべきかで熟慮したのよ」

「なにが熟慮だ。米と酒とどっちが大事か迷うまでもあるまいが」

「そうは言うがの。よくよく考えてみりゃ、酒は米から造るもんだろう。酒を飲んでりゃ飯など食わんでもすむだろうと、こう思ったわけだ」

「…………」

「な、男子たるもの、空腹をみたすより、酒を飲んで羽化登仙の境地に遊ぶべきだとは思わんか」

これには平蔵も、甚内もあいた口がふさがらない。

「なにが男子たるものだ。なにが羽化登仙の境地だ。要するに目先に酒がちらついて我慢できなかっただけのことじゃないか」

平蔵が舌打ちすると、甚内も、

「まったく話にならん。若い者ならともかく思慮分別がなさすぎる。貴公は道場の師範代ではないか。いますこし自重してもらわんと、門弟にもしめしがつかん」

呆れ果てたように足音も荒く道場のほうに去っていく甚内を見送って、伝八郎は亀の子のように首をすくめた。

「そう糞味噌に言わいでもよかろうが。なぁ、神谷……」

「ばか。だれだって飯のかわりに酒を飲んですますなんて話を聞いたら呆れるにきまっている」

「ま、ま、たしかにおれが悪い。とは言うもののだ。だれしも飯を食うより酒を飲むほうが楽しいと思わんか」

「思わんな」

平蔵はにべもなく跳ねつけた。

「きさまは心底飢えるつらさを知らんから、そんな気楽なことが言えるんだ。井手さんは禄を失い、佐登《さと》どのと江戸に出てきてから、飢えの惨めさを何度も味わったにちがいない」

「………」

「いいか、すくなくとも今後は井手さんの前では飯を食うより酒を飲むほうが楽しいなどという太平楽なことは口にするな」

「わかった、わかったから、そうガミガミ怒鳴らんでくれ。怒鳴られると空《す》きっ腹にこたえる」

伝八郎、しゅんとなって掻巻にもぐりこんでしまった。

えらそうなことを言ったものの、かつては平蔵も明日のことなどそっちのけで遊び惚《ほう》けたこともある。飯を食うことより酒と女のほうが大事だった。

多かれ少なかれ、男にはそういう時期があるものだ。それが年とともにだんだん分別臭くなってくる。人はそれを大人になったという。

伝八郎にはいまだに大人になりきれないところがある。柄だけは一人前だが、どこかに少年のようなところがある。それが伝八郎という男なのだ。そういう伝八郎がちょっぴり羨ましいことも、また事実だった。

どっちにしろ、昨日から飯を食っていないという伝八郎を、ほうっておくわけにもいかなかった。急いで門弟を米屋に走らせ、飯を炊いてやったが、台所には菜になりそうなものは何もなかった。やむをえず味噌をまぶした結び飯をつくってやったら、伝八郎は目の色を変えて、ガツガツと三個もたいらげた。

口の端に飯粒をくっつけて無心に結び飯を頬張っている伝八郎を見ていると、

そこはかとない惻隠《そくいん》の情が湧いてくる。

さっきはきついことを言ったが、門弟たちが帰ってしまったあと、だれもいない道場にひとり取り残された伝八郎が、生計《たつき》の銭を削っても酒を飲みに出たくなる気持ちもわからないではない。

「おい。……きさまはやはり実家にもどって道場に通ってくるほうがいいんじゃないのか。ちゃんと食い扶持さえ入れりゃ、肩身の狭い思いもせずに大威張りで飯を食える。おまけに洗濯もしてもらえるだろうし、穴のあいた足袋もつくろってもらえるだろう。そうしろ。それがいい、それが……」

「そうはいかん！」

伝八郎は憤然と食ってかかった。

「おれは兄者にも嫂上《あねうえ》にも、今後はひとりで身を立てると啖呵《たんか》を切って家を出てきたんだ。いまさら、のこのこと舞いもどるくらいなら死んだほうがましだ」

「そうは言うが、きさまには独り暮らしは根っから向いておらん。どうでも実家を出たいなら、早いところ嫁さんをもらうことだな」

「う、ううっ……そんなことは言われんでもわかっておる」

伝八郎は掻巻をひっかぶり、猛獣のように吠えた。

「いいか、だれがなんと言おうと、おりゃ実家にゃ帰らんぞ！」

「わかったよ……」

伝八郎なりに意地もあれば、兄の家で厄介叔父《やっかいおじ》でいる身のつらさが胴身にしみているのだろう。

厄介叔父とは、跡目を継いだ兄のもとで、婿入り先も見つからず居候している男子のことである。婚期をすぎても嫁入り先が見つからない娘というのも肩身が狭いものだが、女は台所を手伝うとか、縫い物をするとか、それなりに家の役に立つことができる。ところが武士の倅に生まれたものの、家督を継げない次男以下の男子は無為徒食、まさしく厄介者にほかならない。

平蔵もおなじ厄介叔父の身だったが、兄の忠利《ただとし》は大身の旗本だったし、嫂の幾《いく》乃《の》は母親がわりのようなものだったから粗末にされたことは一度もなかった。

伝八郎の兄はおなじ直参《じきさん》でも、三十俵二人扶持という貧乏所帯である。

いつまでも婿に出ることもなく居食いしているだけの弟をかかえこめば家計にもひびくから、嫂や下女もそうはいい顔をしてくれない。それが伝八郎にもわかっているのだろう。

伝八郎のことなら、なんでもわかっているつもりでいたが、平蔵の勝手な思いこみだったようだ。

表づらは気楽とんぼに見えるが、伝八郎は伝八郎なりにひとりで悩みをかかえこんでいるのだ。

そして、それはだれにも肩がわりしてやれないものだった。

五

ひさしぶりに道場に顔を出すと、門弟が稽古をつけてくれと押しかけてきた。

ふだんは甚内と伝八郎にまかせっぱなしという負い目もあるから、数人を相手に半刻あまり稽古をつけてやった。

平蔵が通っていた佐治《さじ》道場は防具もつけない木刀稽古だったから、ここでも平蔵はほどよくあしらうということをせず、容赦なくびしびしと打ちすえた。
二、三番で音をあげる者もいたが、なかには目の色を変えて立ち向かってくる門弟もいた。
半刻あまり心地よい汗をかいて井戸端で水をかぶっていると、甚内が来た。

「さっきは、ちと矢部くんにきついことを言いすぎたようだな」

「いや、たまには灸《きゅう》をすえてやるのも悪くないでしょう」

井手甚内は真面目な男だが、話のわからない人間ではない。

「ただ、あいつは飯炊きひとつろくにできん不器用な男ですからな。ひとりではうっておくと食事もろくに取らず、躰をこわさんともかぎらん。ひとつ飯炊き女でも雇ってやるというのはどうですかね」

「なるほど……飯炊き女か」

よほど伝八郎のことが気にかかっていたらしい。

「これは、わしも迂闊《うかつ》じゃった。門弟もすこしずつふえてきたことだし、例の出稽古料も入る。飯炊きの女をひとり雇うぐらいのことはできよう。早速、口入れ屋に声をかけてみる」

「そりゃありがたいですな。毎日、あったかい飯が食えるとなれば、伝八郎の腰も落ち着くでしょう」

「そのうち内弟子志望の者も出てくるだろうし、稽古をおえた門弟に茶の一杯ぐらいは振る舞ってやりたい。そのためにも下女のひとりぐらいはほしいところだ」

「たまには門弟といっしょに道場で酒宴というのも悪くないですな」

ついでにちょいと水を向けてみたが、

「ん？　うん。ま、そんなことができるようになればの話だが……」

とたんに甚内は歯切れが悪くなった。苦労人だけにすぐに出費のことが頭をよぎったのだろう。

「いや、なに、いますぐどうこうということではござらん。ははは……」

さっさと前言を撤回した。


平蔵は七つ（午後四時）ごろ道場を出て、常盤橋御門前から神田橋御門のほうに向かった。

昨夜の後始末がどうなったか見ておこうと思ったからだ。

濠端にはそぞろ歩きに花見を楽しんでいる者もいれば、おおきな風呂敷包みを背負い、花には目もくれずせかせかと道を急ぐお店者《たなもの》もいる。

昨夜、ここで凄まじい乱闘がくりひろげられた痕跡など微塵も感じられない。のどかな光景である。

あのまま死体が放置されていることはないだろうとは思っていたが、これほどあっけらかんとした光景を目のあたりにすると、なにやら狐にでも化かされたような気がしてくる。

おもんが兄だと言った黒装束の男は腹に刃を突き刺し自決したが、そこにも血の痕さえなかった。

平蔵が胴を薙《な》ぎはらった曲者は血しぶきを噴出させ濠に転落したはずだが、だれかが掃き浄めたらしく、きれいに箒目の跡までついている。

手傷を負ったおもんを引きあげた石垣に血痕でも残っていないかと思って、濠をのぞきこんでいたとき、

「なにか探しものですかな」

鉈豆煙管《なたまめぎせる》をくわえた武士が歩み寄ってきた。

肩幅はがっしりしているが、背丈は平蔵より一尺あまりも低い。

角顔のまんなかに獅子ッ鼻があぐらをかいている。太い毛虫眉の下に愛嬌のあるどんぐり眼、総じて顔の造作が目立つ、異相の男だった。

青々と月代《さかやき》を剃りあげ、羽織袴をつけている。直参《じきさん》か、江戸詰めの勤番者らしい。

「もしやして、巾着でも落とされましたかな……」

ぷかりと煙をうまそうに吐きだすと、どんぐり眼をすくいあげた。

底に射《い》すくめるような光がある。探索方の役人かと思ったが、十手をもっていないところをみると八丁堀の同心でもなさそうだった。

「なに、花見をしていたら、ちと尿意をもよおしたものの、お濠端で立ち小便もいかがなものかと迷っていたところでしてな」

「なるほど、なるほど……」

もっともらしく相槌を打ってみせたが、まるきり信じていない目つきだ。

「なんの、出もの腫れものところ嫌わずという。遠慮なくなさるがよい」

素っとぼけた顔をにやりと笑みくずし、指を三本、にゅっと突きだした。

「ここで、昨夜、斬りあいがござってな。ホトケが三つ出た」

「そりゃ、また物騒な」

「いかにも、物騒……」

うなずいておいて、どんぐり眼で平蔵をしゃくりあげるように見た。

「しかも、ひとつは土左衛門になってお濠に浮いてござった」

「ほう……」

「ところが、これが水死体ではなく、胴をみごとに両断されてござっての。いやはや、その斬り口のあざやかなこと……」

うまそうに煙草をふかすと、丸い目を糸のように細くしてニタリとした。

「………」

そいつを斬った当人だけに、平蔵も答えようがない。

「ホトケは三体とも回向院《えこういん》に運んで無縁墓に埋葬されたげにござる」

まるで世間話でもするようにのんびりした口調だったが、まちがいなく昨夜の斬撃に平蔵がかかわっていると確信している目だった。

こやつ、いったい何者なのだ……。

不審をいだいた平蔵の心中を見透かしたように角顔が低い声でささやいた。

「よろしいか、八丁堀が血眼になって下手人を探しまわっておる。かかわりあいにならぬよう、せいぜい用心されたがよろしかろう」

そう言うと、鉈豆煙管をくわえたまま、さり気なく立ち去っていった。

なんとも得体の知れない男だが、長居は無用だと平蔵に注意をうながしていることはたしかだった。

昨夜の一件は巻き添えを食っただけで、咎められても一向にかまわないが、おもんたちは表沙汰にしたくないだろう。

ここはおとなしく忠告にしたがうことにして、三河町の角屋敷に向かった。

門扉《もんぴ》はしまっていたが、脇の通用門をたたくと下男らしい爺さんが竹箒《たけぼうき》を手に顔を出した。

おもんの金創《きんそう》（刀傷）の往診にきたのだというと、爺さんはウンでもなければスンでもなく屋敷の奥にのそのそと姿を消した。

通用門をくぐって入ったが、屋敷内は森閑として、人のいる気配がない。

まったく、この屋敷はどうなってるんだと思ったが、まさか勝手に入りこむわけにもいかない。

「おい！　だれかおらんのか」

玄関に向かって怒鳴ると、昨夜の婆さんが奥から音もなく姿を見せた。

「往診にきたんだが、おもんの具合はどうかね」

「往診じゃと。どうやら、お門ちがいをなされておるようじゃの。屋敷には病人などおらぬし、まして、おもんなどと申す者はここにはおらぬ。お帰りめされ」

平蔵、唖然とした。

「おい、昨夜の今日だぞ。……とぼけるのもいい加減にしてもらいたいものだ。婆さんじゃらちがあかん。小笹という娘がおるだろう。あの娘を呼んでくれぬか」

いささかムッとして声を荒らげたが、式台にちんまりと座りこんだ婆さんの返事はにべもない。

「黙らっしゃい！　年はとっても耄碌《もうろく》などしておらぬわ。おもんだの、小笹などというおなごは屋敷にはおらぬと言うておる。……聞き分けのないおひとじゃな」

「おい、婆さん。しっかりしてくれよ。半年や一年前のことならともかく、昨夜のことだぞ。おもんを背負って、この屋敷につれてきて、金創の治療までしたではないか。……まだ覚えがないというのかね」

「やれやれ、なんとも始末に悪い御仁《ごじん》じゃな。陽気のせいで頭がおかしくなったのではないかの。悪いことは言わぬ。はよう医者に診てもらいなされ」

嘲笑《あざわら》うように唇の端をゆがめて逆《さか》ねじをくわせてきた。

ぼけているどころか、婆さんが白《しら》を切っていることはあきらかだ。

「ははぁ、つまり、昨夜のことは忘れろということだな」

「…………」

婆さんはウンでもなければ、スンでもない。能面のような顔で平蔵を見つめたきりだった。

「わかったよ……」

いくらなんでも強引に屋敷に踏みこんで家探しするわけにもいかない。退散するほかなさそうだった。

おもんが居留守を使っているのか、それとも婆さんの独断なのかわからないが、この屋敷に平蔵がかかわることを拒否する何かの意志がはたらいていることは明白だった。敷石を踏んで通用門に向かうと、さっきの爺さんが音もなくあらわれて平蔵を送りだした。

「爺さん。よけいなお世話かも知れんが、金創をこじらせると命にかかわるから、手当てを怠るなと、おもんに伝えてくれんか」

聞いているのか、いないのか、爺さんはだんまりのまま、平蔵を通用門から送りだすと門扉をしめてしまった。どいつもこいつも糠に釘である。

なにやら一人芝居を買って出たような空しさを覚えた。

六

ふっきれない思いで薄闇のただよいはじめた路地を歩きはじめたときである。

見るからにうさんくさい人相をした浪人者が三人、うっそりと行く手をはばんで立ちはだかった。

平蔵が右に寄ると右に、左に身を寄せると左をふさぎにかかる。

「どういうつもりだ。……それがしに何かご用かな」

むかっとしたが、こんな手合いを相手にしても面倒なだけだと腹の虫をなだめすかした。

「ま、ま、そうむきになられても困る」

「そう、そう。できれば、ここは穏便《おんびん》にすませたいものだ」

ふたりの浪人が顔を見合わせながら懐手のまま、ひとを食ったような薄笑いをうかべている。まんなかのひとりは恰幅のいい肩をゆすりあげ、威嚇するような眼ざしを投げかけていた。どうやら、こいつが頭株らしい。

近頃、江都の巷《ちまた》にあふれはじめた不逞浪人《ふていろうにん》のたぐいだろう。

肩に砂利のもっこを担ぎ、汗水流してはたらく気などさらさらなく、飲み食いに窮すれば抜き身をちらつかせて金品を脅しとる。

箸にも棒にもかからない始末に悪い手合いである。

「つまり、だ。われらは今夜、ちと手元不如意《ふにょい》での。そこもとを武士と見こんでいささか合力を願いたいと、ま、こういうわけだ。……な」

もっともらしい口をたたきながら、仲間をかえりみた。

「さよう、さよう。なに、贅沢は言わん。ほんの一夜の飲み代を拝借できれば言うことはない」

不精髭を撫ぜまわし、ぬけぬけとほざいた。

「そうそう、見たところ貴公は懐具合もあたたかそうだ。武士は相身互身と申すではないか。そうさな、ま、もちあわせの半分で手を打とうではないか」

よほど手馴れた連中らしく、ほざくことも図々しい。

「おおかたそんなことだろうと思ったよ。要するに、きさまらは押し借り強盗のたぐいだな」

「なにぃ！」

たちまち三匹の痩《や》せ犬が牙をむいてきた。

「押し借り強盗とは聞き捨てならん！」

「われらは貧すれど武士のはしくれ、そこまで落ちぶれてはおらぬわ。辞を低うして一時拝借したいと申しておるだけだ。それを、きさま……」

目を吊りあげ、居丈高になると、居直ってきた。

「拝借したいだと……」

こうなると平蔵も売り言葉に買い言葉である。

「ようもぬかすわ。返すあてもなしに貸せというのは押し借り強盗だろうが」

「お、おのれ！」

「まぁ、待て……ここはわしにまかせろ」

もうひとりの浪人が割って入った。

「われらも、まんざら返済のあてがないというわけではない。三人とも腕にはいささか覚えがあるゆえ、いずれは仕官する所存だ。そのときは些少ながら利子もつけて返済しようと、こう申しておる。……どうかな、さすれば、おぬしもつまらん怪我をせずにすむ」

聞いているうちに平蔵、とうとう我慢の糸が切れた。

こんな連中を相手にするのも大人気ないと思ったが、こういう手合いをのさばらせておくと、あとあとろくなことはしないにきまっている。

とはいうものの、斬ってしまっては面倒なことになりかねない。

——どう始末したものかな……。

思案しながら三人の浪人を見わたしたとき、暮れなずむ薄闇の奥から刺すような鋭い視線を感じた。

三十間あまり（五十数メートル）先に酒屋がある。

大戸をおろした店の軒下に一人の武士が腕組みをしてたたずんでいた。

浪人者ではなく、羽織袴をつけた、ひとかどの身分らしい武士だった。上背も、肩幅もある偉丈夫である。あきらかに強い関心をもって平蔵のほうを見ているが、三人の浪人の仲間でもなさそうだ。

妙なやつだ……。

平蔵は当面の相手の浪人より、その武士のほうが気になった。

口達者な浪人が肩をゆすりながら、せせら笑った。

「どうするね。ここは穏便にすますほうが、おぬしのためだと思うが」

よほど腕に自信があるのか、それとも平蔵を与《くみ》しやすい相手と見くびってか、かさにかかってきた。

「よかろう。きさまらに貸す銭はないが、くれてやる銭ならある」

「なにぃ……」

「ただし物乞いするときは、それなりにしようがあるだろう」

平蔵は挑発するように三人の顔を見わたした。

物見高い野次馬の姿がちらほらしはじめている。早いところカタをつけたほうがよさそうだった。

「腕に覚えがあるなら打ち首獄門覚悟で斬りとり強盗するもよかろう。命が惜しくてできぬのなら土下座して物乞いするんだな。……威張りかえって飲み代を手に入れられるほど世の中は甘くないぞ」

「こ、こやつ！」

「ほざいたな！」

血相を変えた三人の浪人を見すえ、平蔵は一喝した。

「おれはあいにく機嫌が悪い。……そこをどけっ！」

怒鳴りつけるなり、平蔵は三人のどまんなかを駆けぬけた。

駆けぬけざま、左の浪人の鳩尾《みぞおち》に拳をたたきこむと、そやつが柄に手をかけていた刀を奪い取り、まんなかにいた恰幅《かっぷく》のいい浪人のうなじに峰打ちをくれた。

ひとり残った浪人は、なにが起きたのかわからぬらしく、呆然と立ちつくしているだけだった。

平蔵は奪い取った刀を、そやつの足元にガラリと投げ捨て、

「おい。どうするね。まだ、やるかね」

「う……」

途端にわれに返ったのか、じりじりっと後ずさりしたかと思うと、仲間を見捨てて逃げだしてしまった。

そやつには目もくれず、平蔵は酒屋の軒下にたたずんでいた武士を見た。

「………」

てっきり何か反応を見せるものと思ったが、武士は平蔵に向かって冷ややかな一瞥をくれただけで、くるっと背を向けると何ごともなかったような足取りで立ち去っていった。

いったい、何者だ……。

得体の知れない侍だが、薄闇の奥から投げかけてきた視線には、あきらかに凄まじい殺意が感じられた。

会ったことのない男だったが、今度、顔をあわせたときは無事ではすむまいという予感がした。

それは、これまで何度となく修羅場をくぐってきた剣客としての、ゆるぎない直感でもあった。

第三章　毒まんじゅう

一

「よくも、まあ、石の並べっこばかりしていて飽きねぇもんでござんすねぇ」

窓際に寄りかかり、掛け蕎麦《そば》をすすりこんでいた留松《とめまつ》がわからねぇなぁというふうに首をひねった。

「ふふふ、わからねぇだろうな。どうしてこんなもんが飽きねぇんだか、打ってるおれにもとんとわからねぇのさ」

斧田晋吾は本所の常吉と碁盤をはさみながら、苦笑まじりにうなずいた。

八丁堀同心にはおきまりの、龍紋裏に三つ紋つきの黒羽織の下から朱房の十手がちらりとのぞいている。

留松は常吉配下の下っ引きである。本職は桶屋の職人だが、博打《ばくち》に手をだして御用になるところを常吉に目こぼししてもらって以来、手が足りないときは下っ引きをつとめるようになったのだ。

「打ちゃ打つほどわからなくなってくるのが、碁のおもしれぇところでな」

斧田がパチリと白石を置いたのを見て、常吉がニタリとした。

「へへへ、旦那。どうあがいても、その白の大石《おおいし》はとうに成仏《じょうぶつ》していやすぜ」

「そいつはどうかな。大石は死なずってぇこともあるぜ」

涼しい顔で斧田が二、三手打ちすすめるうち、今度は常吉があわてだした。

「ちょ、ちょっと旦那。……そんな手があったんですかい」

「ふふふ、これが如来手《にょらいて》ってやつさ。おめぇ、てっきり死んでるもんだと安心してたんだろうが、とんだ目ちげぇだったたな」

「ううっ……」

常吉が唸り声をあげた。

「死人を生き返らせるなぁ、お釈迦《しゃか》さまでもできねぇがよ。囲碁じゃお陀仏《だぶつ》になった石が息を吹き返すこともあるんだぜ」

「じょ、じょうだんじゃねぇや。そいじゃ、あっしの大石が死んじまう……」

「ふふふ。……如来手に死んだる石は涅槃石《ねはんいし》、ってね」

斧田は扇子を使いながら、にんまりした。

「おりゃ、この川柳《せんりゅう》が大のお気に入りなのさ。ま、観念して成仏するこったな」

「そ、そんなばかな……」

常吉は目をひんむいた。

「な、留よ。……見ねぇな。泣く子も黙る本所の常吉親分が泡食ってるぜ」

「へ、へい……」

「どうでぇ、留。踊る阿呆に、見る阿呆、おなじ阿呆なら踊らにゃ損てぇこともある。おめぇにもひとつ囲碁を仕込んでやろうか。……二、三年もすりゃ、常吉親分をぎゃふんと言わせることができるようになるかも知れねぇぜ」

「め、めっそうもねぇ。こちとら、その白と黒のまんだら模様を見てるだけで頭痛がしてきまさぁ」

蕎麦の丼を足元のお盆におくと、また窓の外に目を向けた。

留松が見張っているのは通りをへだてた、むこうの三軒目、こぢんまりとした一軒家である。板葺《ぶ》き屋根の粗末な造りだが、四畳半の茶の間に六畳の寝間、それに下女が使っている三畳間がついている。

まわりは板塀で囲われていて、物干し場になる一坪ほどの庭もある。

七日前、中川の澪口で何者かに斬殺された彫金師の乙次郎が、美乃という女に借りてやったものだ。

美乃に言わせると乙次郎はおそろしく無口な男で、暮らし向きのことや仕事のことは何も語らなかったということだったが、斧田は鵜呑みにはしなかった。

男と女ってぇなぁ、そんなもんじゃねぇだろうよ……。

同心として斧田はこれまで、男と女の仲がどんなに生臭いものか、うんざりするほど見てきている。

いくら銭金ずくの仲と割りきっていたにしろ、五年ものあいだ乳繰りあっていりゃ、てめぇの男がどんな暮らしをしているのか、どういう仕事をしているのか、ほかに女はいねぇのか、どんな手を使っても嗅《か》ぎだそうとするもんだ。それが女ってぇもんじゃねぇか。

ことに美乃は櫓下《やぐらした》で美乃吉という座敷名で左褄《ひだりづま》をとっていた羽織芸者だ。男の裏も、女の裏も知りつくした女である。

てめぇを囲っている男のことを何ひとつ知ろうともしなかったなんてぇことがあるわけがねぇ。

美乃吉は今年三十二歳、まだ水っ気たっぷりの女盛りだが、もう一度紅白粉《べにおしろい》を塗りたくって芸者に出るにはちょいと年を食いすぎている。

もし、乙次郎に袖にされたら途端に食うに困るのは目に見えていた。

――ぽっと出の田舎娘じゃあるまいし、お払い箱になるまで囲い者になって抱かれてた、なんてぇことがあるわけがねぇ。

そう斧田は確信していた。

なんにも知らねぇってこたぁ、知りすぎてるってぇことにもなるんだぜ。

配下の本所の常吉と、下っ引きの留松を引き連れ、美乃吉姐《ねえ》さんの住まいが一望できる、この蕎麦屋の二階の奉公人の寝部屋を借りて張り込みにかかってから、今日で五日目になる。

蕎麦屋の出入りは裏口を使っているし、蕎麦屋の雇い人にも口封じしてあるから、いまのところ感づかれてはいないようだ。

「ねぇ、旦那。……この石、ちょいと待っちゃもらえませんかねぇ」

常吉が揉み手しながら哀願しかけたときである。

「旦那！　どうやら美乃吉姐さんがお出ましになるようですぜ」

留松が気負いこんだ声をあげたが、斧田は動こうともしない。

「女のお出ましにもいろいろあらぁな」

パチリと扇子をとじて念をおした。

「湯屋か、髪結い床にお出ましってこともあるぜ」

「だって、旦那。髪はきちっと銀杏返《いちょうがえ》しに結いあげてますぜ。おまけに足元も白足袋に漆《うるし》の塗り下駄ときてやがる。これだけ、しっかりめかしこんで湯屋ってこたぁねぇでしょう」

「なんだと……」

斧田はやおら腰をあげると、留松の背後から眼下の通りを見おろした。

美乃吉が形のいい臀《しり》をふりたて眼下を通りすぎていくのが見えた。

銀杏返しの髪は鬢《びん》つけ油で艶やかに光っている。裾さばきもかろやかで足取りもはずむようだった。

「ちげぇねぇ。美乃吉姐さんのご出陣だ」

ポンと留松の尻をたたいた。

「あの女の行く先にゃ、まちげぇなくホンボシが待ってるはずだ。見失わねぇように、しっかり食らいついていてこい」

「まかしとくんなせぇ」

留松は勢いよく、階段を駆けおりていった。

まだ碁盤の前で腕組みしたまま石とにらめっこしている常吉の肩を、斧田の十手がポンとたたいた。

「おい、常吉。死んだ子の年をいつまで数えていてもはじまらねぇ。さっさと腰をあげねぇかい」

気合いの入った声をかけると、さっと階段に向かった。

二

浅葱色《あさぎいろ》の単物に錆朱色《さびしゆいろ》の帯をきりりとしめた美乃吉の後ろ姿を、通りすがりの男の目が物欲しげに追いかける。

「お、いい女じゃねぇか」

「ちょいと小股が切れあがったところなんざ、たまらねぇな」

道具箱をかついだ二人づれの大工が露骨な声を投げかけてきた。

美乃吉にとって男の粘っこい視線や、渇望の声ほど心地よいものはない。

ふふ、あたしもまだまだ捨てたもんじゃないわね……。

お愛想にちょいと臀を婀娜《あだ》っぽくひねって男たちの目を楽しませてやった。

男がどんな目で自分を見ているかはわかりきっている。

大身の武家だろうが、大店《おおだな》の主人だろうが、日雇い人足や島帰りの入れ墨者だろうが、股倉にぶらさげているしろものは変わりゃしない。

この世には男と女しかいないのだから、よほどの変人じゃないかぎり、男は女を欲しがるものだし、女は男が欲しがるお宝をうまく使って生きていくようにできているのだと美乃吉は思っている。

将軍さまや、お殿さまは世継ぎの子をもうけるためになどという都合のいいことを言っては側女《そばめ》を何人もつくるけれど、世の中に子を産むためだけに交媾《まぐわ》う男なんているもんか。ただ女を抱きたいから、抱く……それだけのことじゃないか。

芸者になった美乃吉が十九のとき、はじめて抱かれた客は七十三になる木場《きば》の大問屋の旦那だった。旦那には子供が五人もいたし、孫だっていた。おまけに奥さんのほかに妾《めかけ》だってちゃんと囲っていた。

歯は一本もなかったし、皮膚は使い古した畳紙のように乾ききっていたが、美乃吉の躰をすみずみまで慈しむように舌で舐めまわしたあげく、ちゃんとするだけのことをしたのには驚いた。

あんまり長くかかったので途中で死んじまうんじゃないかと心配したが、おおってから、「男はね、おなごが抱けなくなったらおしまいです。これで寿命が二、三年はのびました。ありがとうよ」と礼を言ってくれた。

男が死ぬまで女を欲しがる生き物だとしたら、「男から洟《はな》もひっかけられなくなったら女はおしまいなんだ」と、そのとき美乃吉は思った。

深川芸者は「芸は売っても躰は売らないよ」などと生意気な啖呵《たんか》を売り文句にしているが、三味線や踊りがいくらうまくったって、それだけで生きていくなんてことはできるはずもなかった。

花街《かがい》でおまんまを食べていくには、きれいごとだけじゃすまされない。花街に足を運ぶ男の本音はひとつ、払うお銭《あし》に見あうだけの女を手に入れたいだけのことだった。

お師匠さんに叱られながら懸命に習いおぼえた三味線も、踊りも、四季折おりの座敷着も、もって生まれた女のお宝を高く売るための道具にすぎなかったのだ。

大奥の御中臈《おちゆうろう》も、武士の妻女も、大店の内儀《おかみ》も、つまるところは吉原の太夫を筆頭に岡場所の安女郎、舟饅頭《ふなまんじゆう》や夜鷹《よたか》などとおなじように男に抱かれるようにできていることに変わりはない。

ちがうのは売値が高いか、安いかだけのことだ。

いいかい、美乃吉。男なんて生き物は、口じゃ、なんのかのと甘いことを言ったって、狙ってるのは臍下三寸の観音さまだけなんだからね。

十七で芸者に出たとき、美乃吉を可愛がってくれた先輩の姐さんが言った言葉を美乃吉はいまでも覚えている。

どんな男をつかまえるかで女の一生はきまるんだ。男の顔や年なんかどうだってかまやしない。できそこないのひょっとこ面《づら》だろうが、梅干し爺ぃだろうが、ぶらさげてるものに変わりなんかありゃしないよ。……どうせ抱かれるときには目をつぶってるんだから、団十郎の顔でも思いだして抱かれてりゃいいんだよ。

まだ若かった美乃吉は姐さんほど露骨に割り切ることはできなかったが、美乃吉は一度だって男に惚れて貢ぐようなことはしなかった。

だから、せっせと小金を蓄えてきたが、運の悪いことに父親が長患いしてすっからかんになってしまった。

乙次郎の囲い者になったのも金のためだった。

月づき三両二分の手当てはしっかり始末して蓄えてあるから、当分はおまんまに困ることはないが、まだ一生安楽に過ごせるというわけにはいかない。

もう一度、腕によりをかけなくっちゃね……。

女はひとつ年をとるたびに値がさがっていくんだよ。肌に水ッ気がなくなってくりゃ、おっぱいだって、お臀《いど》だってたるんでくる。そうなってから慌てたって遅いのさ。女は売りごろが肝心、いい値がつくあいだに一生安気《あんき》に食ってけるだけのものをしっかり手に入れとかなくっちゃ泣きを見るからね。

そう言ってくれた姐さんは、いまじゃちゃっかり質屋の後妻におさまって左団扇で暮らしている。

姐さんの言うことにまちがいはないが、ひとつ困ったことに美乃吉は根っからの好き者で、三日も男の肌から遠ざかると躰の芯《しん》が疼《うず》いてくる。

乙次郎に囲われていたあいだも、美乃吉はこっそり情夫《まぶ》と密会を重ねていた。情夫といっても清水弦之助《げんのすけ》という歴とした旗本の家臣である。

不粋者《ぶすいもの》が多い侍にはめずらしく、女をあしらうツボを憎たらしいほど知りつくしている男だった。月づき三両二分の手当てはもとより、親への仕送りも、乙次郎ではなく、じつは清水弦之助の懐から出ていた。

乙次郎の囲い者になったのも、清水弦之助から頼まれたからである。いわば美乃吉のほんとうの旦那は清水弦之助ということになる。

しかも乙次郎の囲い者になるとき、清水弦之助は「あとあとの身の振りかたもちゃんと考えてやる」と約束してくれた。

とはいうものの、男の約束を鵜呑みにするほど美乃吉はうぶでもないし、弦之助がいくら女あしらいがうまいからといっても、そんなことでごまかされるほど甘くはないつもりだ。

しっかりおしよ。いまが美乃吉姐さんの正念場なんだからね。

美乃吉はしゃきっと背筋をのばし、帯をポンとたたいて気合いをいれた。

両国橋をわたり、すぐ右におれた美乃吉は、平右衛門町一丁目にある料理屋「花廼家《はなのや》」の笠門をくぐった。

三

「ほう。乙次郎がいなくなって身やつれしているかと思ったら、なになにどうして前よりもいちだんと女っぷりがあがったじゃないか」

美乃吉が女中に案内されて座敷に入るなり、清水弦之助が秀麗な顔を笑みくずして見迎えた。

「ま、ひとついこう」

盃を美乃吉に差しながら、

「どうだ、美乃吉。これから先のこともある。本所か深川あたりでころあいの店をもって、小料理屋でもやってみないか。むろん、金の面倒はおれがみてやる」

まるで美乃吉の腹づもりを見透かしていたように切りだした。

「ほんとうですか、清水さま……」

なにやら話がうますぎると思って訊きかえすと、

「なに、三年ものあいだ乙次郎のお守りをしてくれたんだ。それくらいのことはしてやらんとな。……海辺大工町《うみべだいくまち》に小料理屋にうってつけの出物があるんだが、おまえさえよけりゃすぐにも手金を打ってやるぜ。あのあたりは気ッ風《きぷ》のいい職人が多いから、客商売にゃうってつけだと思うがね」

「ま、そんなことまで考えてくだすってたんですか」

「じゃ、きめていいんだな」

「ええ、そりゃもう……」

「そのかわりといっちゃなんだが、ひとつ、おまえに引きうけてもらいたいことがある。頼まれてくれるだろうな」

そうらきた、と美乃吉は思った。うまい話にはかならず裏があるものだ。

「ちょいと旦那。……まさか、もう一度、だれかの囲い者になれというんじゃないでしょうね」

「ばかをいえ。もう、おまえにあんなことはさせせんよ」

弦之助は唇をゆがめて苦笑すると、腕をのばして美乃吉の手をたぐりこんだ。

「あっ……」

銀杏返しの髷《まげ》をがくんと後ろにそらせた美乃吉は、いきなり唇を吸われ、横抱きにされてしまった。

「ちょ、ちょっと……待ってくださいな」

もがいてみたが、弦之助の手が襟前をおしはだけ、乳をさぐってくると、たちまち全身の力が抜けてしまった。

帯にぎゅっとしめつけられていた乳房が襟を割ってこぼれだした。

弦之助のてのひらが乳房をやわやわと揉みしだき、堅くしこった乳首を指でつまんでなぶりはじめる。

「あ……し、清水さま」

美乃吉の声がうわずり、息づかいがみだれはじめた。

「乙次郎のお守りをしてくれた三年分の埋め合わせはちゃんとしてやる。おれにまかせておきな」

口も八丁、手も八丁とは清水弦之助のような男だと思いながらも、美乃吉の躰はあらがいようもなく疼いてくる。

「ねぇ、清水さま。……さっきの、その、あたしに頼みたいことって、どんなことなんです」

「なに、人をひとり、探してもらいたいだけのことさ」

こともなげに言いながら、弦之助の指はやわやわと乳房をなぶり、唇を吸い、舌をからませてくる。

「……さがせって、どんな人なんです」

「井手甚内という浪人だがな。……この男、無外流の達人で、めっぽう腕が立つ。だから見つけても下手に探りをいれたり、声をかけたりするんじゃないぞ。ひとつまちがえばおまえの首が飛ぶことになりかねん」

「え……そんな物騒な人なんですか」

「なに、そう怖がることはない。井手甚内は浪人といっても、むやみやたらと人斬り包丁をふりまわすような、ごろつき浪人とはちがう。見境もなく女を殺すようなことはせん男だよ」

「つまり、その……井手甚内って浪人の住まいを突きとめて清水さまに知らせりゃいいんですね」

「さすがは美乃吉姐さんだ。わかりが早いな」

清水弦之助はぐいと美乃吉の脇の下に腕をいれて引き寄せると、美乃吉の耳朶《みみたぶ》の裏側に唇を這わせてささやいた。

「おまえは深川で十年も左褄をとってきた売れっ妓《こ》の辰巳芸者だ。せいぜい昔馴染みの朋輩や客筋に声をかけてあたってみてくれ」

ほんとに抜け目のない男だが、わざわざ小料理屋をもたせてまで探したいというからには、よほどわけありの男なんだろう。

でも、それで一軒店がもてるんなら、悪い話じゃないと算盤《そろばん》をはじいた。

「わかりましたよ。できるだけのことはしてみますよ」

「頼りにしてるぜ、美乃吉」

弦之助の唇が、うなじから咽首《のどくび》をつたい、胸乳《むなぢ》にまで這いおりてきた。

「あ……」

躰の芯がずきんと疼き、秘所がじゅわっとうるんできた。

美乃吉は腕《かいな》を弦之助の首にまわし、身をよじってしがみついた。

浅葱色の単物の裾が乱れ、白足袋の足が紅の湯文字を蹴った。

弦之助の片手が美乃吉の乳房をもてあそびつつ、もういっぽうの手が腿をゆっくりと撫ぜあげ、内股をじわじわと這いあがる。

「もう、そんなふうにされると、あ、あたし……」

弦之助の手首を太腿でぎゅっと挟みつけ、美乃吉が熱い吐息をもらしたとき、廊下で女中の声がした。

「お湯殿の支度ができましたが……」

「おお、よしよし、いま、行く……」

機嫌のいい声を廊下に投げかけ、弦之助が耳元でささやいた。

「さぁ、ひとっ風呂浴びてくるがいい。おまえの湯ぼぼを味わうのもひさしぶりだからな」

「ま……」

四

花廼家の内湯は檜の角風呂でふたりで入れるほどゆったりしているし、長いあいだつかっていても湯あたりしないよう、ぬるめに加減してある。

風呂好きの美乃吉は昼さがりの入浴にうっとりと身をゆだねていた。

澄みきった湯のなかで白い腿と腿のあいだの茂みが、淡い若布《わかめ》のようにゆらいでいた。腹のふくらみもまろやかで、太腿は熟れた凝脂《ぎょうし》にみちている。

美乃吉はさっきから弦之助の頼みごとの本音を探っていた。

――いったい、その井手甚内という浪人と、弦之助はどういうかかわりがあるんだろう……。

なぜ、その男を探そうとしているのか、探してどうするつもりなのか、そこのところを弦之助は言おうとしない。

いつも肝心のところは、うまくはぐらかされてしまう。

井手甚内は剣の腕はたつが、ごろつき浪人ではないという。つまり、ちゃんとした侍だと弦之助もみとめている。それでいて井手甚内の名を口にするときの弦之助の表情には、恐ろしく冷ややかなものが感じられた。あれは敵意というより、むしろ憎悪に近いものだ。

なにか不吉な予感がするが、どっちにしろ、美乃吉にはかかわりのないことである。よけいなことは考えないことにした。

よけいな詮索をするとろくなことにならないものだ。

美乃吉の長年の念願は自分の店をもつことだった。

いずれは自分も年を取る。それまでにちゃんとした自前の店を手にいれて、一生おまんまの心配をしなくてもすむようにしておきたかった。

清水弦之助が実《じつ》のある男じゃないことはわかっているが、惜しげもなく金を使うところが気にいっている。弦之助に食いついた自分の目に狂いはなかったと美乃吉は思っている。どこから、そんな金を都合してくるのかわからないが、清水弦之助の金払いのよさは目を瞠《みは》らせるものがあった。

清水弦之助は幕府の勘定奉行荻原重秀の近習《きんじゅ》で、扶持は八十石だが、余禄がずいぶんあるらしく、どんな料理屋や茶屋にあがっても金払いはきれいだった。

呉服屋や小間物屋で買い物をするときも、機嫌よく払ってくれた。

なんでも、清水弦之助の主君の荻原重秀の金蔵には何十万両という大金が眠っているという世間の噂である。ひところ、深川でも、

「荻原を刈らで其儘置《そのままおく》ならば　花のお江戸は元の武蔵野」

などという狂歌がささやかれたことがある。

荻原重秀をこのままほうっておいたら、江戸は開府前の荒れ野原になるという

ことらしい。

そのことを弦之助に言ったら、

「つまらん噂を気にするな。殿のおかげで公儀の金蔵に何百万両もの大金がころがりこんだんだ。いわば幕府の財政は殿でもっているようなものさ」

あっさりと笑い飛ばした。

もっとも、美乃吉にしてみれば公儀の金蔵などどうでもいいことで、弦之助にくっついていれば金に不自由しないですむのだから、荻原さまさまだ。

だいたいが、いつの世でも臍まがりはいるものだし、出世した人間は妬《ねた》まれるものと相場はきまっている。

それに花のお江戸は荒れ野原になるどころか、大火事があったってすぐに家は建つし、吉原や本所深川界隈の岡場所だって毎夜賑わってるんだもの。むつかしいことを言ったって始まりゃしない。うまく立ち回ってお宝があつまるところに食らいついていくことだけを考えれていればいいんだ。

そう割り切ることにしたが、どうしてもわからないのは、なぜ乙次郎が殺されたのかということだった。斧田とかいう町方同心は辻斬りの仕業だろうと言っていたが、そんなことはハナから信じちゃいなかった。

殺《や》らせたのは弦之助なんじゃないかと美乃吉は思っている。

弦之助も新陰流の免許取りだというから、その気になれば職人の乙次郎を斬るぐらいわけもないことだろうが、弦之助は自分の手を汚すようなことはしない。

——殺《や》ったのは、あいつにちがいない……。

何度か会ったことのある、弦之助の部下だという壺井左門《さもん》という男である。

なんでも田宮流とかいう剣術の達人だと聞いたが、あの男なら人を斬るぐらい朝飯前だろう。

あの男の暗く底光りのする双眸に射すくめられると、いつも金縛りにあったような気がする。あの氷のような冷ややかな眼ざしを思いだすと身震いがする。

おお、いやだ……。

美乃吉は思わず肩をすくめると、ざぶっとしぶきをあげて湯船からあがった。

凝脂をのせた白い肌が湯粒をはじいて滑らかに照りかがやいた。

五

そのころ、弦之助は花廼家の別室に待たせておいた壺井左門と顔をつきあわせていた。

「やつら、三河町の隠れ家から消えたそうだな」

「うむ。まさか怪我人をかかえていては動くまいと踏んでいたが、あっさり裏をかかれたらしい。どうやら味村《あじむら》とかいう徒目付《かちめつけ》の手の者が動いたようだ」

「せっかく、やつらの隠れ家をつきとめたというのに一足遅かったか」

「そのかわり、おもしろい獲物がひっかかったぞ」

「獲物……」

「どうやら、先夜の女忍びを助けたやつらしい。あの隠れ家がほんとにもぬけの殻かどうか、たしかめてやろうと思ってぶらついていたら、そやつがあらわれた。留守番らしい爺ぃに、おもんの往診にきたとぬかしておったな」

「往診だと……じゃ、そやつ、医者か」

「ところが医者にしては腰に両刀を帯びておる。どうやら武家の出らしいが、こやつ、並の二本差しではない。あれは相当に腕のたつ男と見た」

「ほう……」

「そこで、やつが屋敷に入っているあいだに近くの居酒屋でとぐろを巻いていた無頼の浪人者三人に金をくれてやって、そやつが出てくるのを待って喧嘩をふっかけさせてみた」

「うまくいったのか」

「あっさりやられたな」

「やられた、とは……」

「三匹の野良犬のほうさ。手もなくぶちのめされてしまったな。それも、やつのほうは腰の物には手もかけずにだ」

「ちっ！　そいつら見かけ倒しの痩せ浪人だったんじゃないのか」

「いや、そうでもないな。おれが見たところでは人斬りにも手馴れている相当な悪党だった。……やつのほうが役者が一枚も二枚も上だったということだ」

「いったい、そやつ何者だ」

「わからん。……おおかた、おもんとかいう女忍びとかかわりのある医者だろうが、いずれはどこかで会いそうな気がする」

　壺井左門の双眸がキラリと炯《ひか》った。

「今度、会ったら、おれが斬る」

「よせよせ、それがきさまの悪い癖だ。人斬りを楽しんでいる場合か」

　清水弦之助は口をゆがめて壺井左門をたしなめた。

「どうやら、新井白石《あらいはくせき》はなんとしても荻原さまを追い落とすつもりらしいぞ。むろん、あの爺さんの後ろには間部詮房《まなべあきふさ》がついておる。いまのうちに爺さんを始末しておかんと、荻原さまが窮地に立たされんともかぎらん。そうなったら、われらもどうなるか知れたものではないからな」

「…………」

「そこでだ。ひとつ、きさまに腕のたつ浪人をあつめてもらいたいのだ。むろん荻原さまの名を出すわけにはいかん」

「狙いは新井白石、か」

ぼそりと壺井左門がつぶやき、目をすくいあげた。

「そうだ。あの爺さんさえ始末してしまえば、間部さまだけでは荻原さまを蹴落とすことはできん。なにしろ荻原さまを幕府の獅子身中の虫などとほざいて、間部さまや上様を焚《た》きつけているのは新井白石だけだからな」

「…………」

「もっとも狙うのは爺さんが外出《そとで》したときしかない。供侍も何人かはついていようから、すくなくとも七、八人は腕利きをあつめてもらいたい」

「わかった」

 こともなげに壺井左門はうなずいた。

「ただし、いくら江戸には浪人があふれているといっても、それだけの仕事をさせるとなると金がかかるぞ」

「わかっている。金はいくらかかってもかまわん。この件は長井さんの内諾をもらってのことだ。長井さんは荻原さまの腹心だから、金に糸目はつけんでいい」

「よかろう。本所あたりの貧乏道場に居候している浪人をあたってみるか」

「頼んだぞ。……これは荻原さまのためでもあるが、われわれのためでもある。せっかくつかんだ金蔓だ。まだ、当分は手放すわけにいかん」

清水弦之助は無造作に切餅をふたつ、懐中からつかみ出した。

「五十両ある。当座の軍資金にしろ」

それには目もくれず、壺井左門は薄笑いをうかべ、目をしゃくりあげた。

「ところで、あの女はどうした。……もう、抱いてきたのか」

「ばかをいえ。犬や猫じゃあるまいし、いま、湯殿にやったところだ。女は長湯だから四半刻（三十分）はかかるだろう」

「あの女は油断できんな。……貴公は利用しているつもりだろうが、あの女は貴公から金をせびりとることしか頭にないぞ」

「ふふふ、勘定高いのは美乃吉だけじゃない。女というのは常に羽振りのいい男になびくが、いったん羽振りが悪くなりゃ亭主だって袖にしかねん生き物さ」

「だったら、さっさと始末したらどうなんだ」

「そうはいかん。あの女はまだまだ使える」

「……井手甚内のことか」

「そうだ。おれが江戸に出てきたのも、そのためだ」

「しかし、やつが江戸にいるとはかぎらんだろう」

「扶持を離れた浪人はほとんどが、この江都にあつまってくる。仕官する機会も多いし、内職の口にも不自由しない。おまけに江戸に知人がいれば住まいもらくに借りられる。……田舎では他国の浪人が入りこむのはむつかしいからな。それに井手甚内は江戸で無外流の腕を磨いた剣客だ。江戸には剣友もいるだろうし、道場の師範代ぐらいはらくにつとまる。また、やつは筆もなかなかのものだから、寺子屋でもやれば生計《たつき》には困らんだろう。まず十中八九は江戸にいるな」

「どうでも斬るつもりだな」

「むろんだ。……やつを探し出したら、きさまにも手を貸してもらうぞ」

「いいだろう。どうせ貴公とは一蓮托生だ」

壺井左門は盃をかたむけながら乾いた目を向けた。

「おい。ほんとうのところ、貴公の目当ては井手甚内ではなくて、佐登とかいう女のほうじゃないのか」

「ばかをいえ。おれを裏切った女などに未練はない」

「ふふ、ふ。怪しいもんだ……」

口をゆがめて冷笑した壺井左門は脇に置いてあった刀をつかんで腰をあげた。

「そろそろ、毛まんじゅうが蒸しあがったころだろう。毒まんじゅうにあたらんうちに引きあげよう」

弦之助が出した五十両を鷲づかみにして部屋を出ていった。

「毒まんじゅう、か……ちがいない」

清水弦之助は盃を口に運びながら、ふくみ笑いをもらした。

「毒があるものほどうまいということもある」

第四章　賄賂《わいろ》のからくり

一

春の長雨とはよくいったもので、三日前に降りだした雨が今朝になってもぐずついていた。

ぬかるんだ道にはあちこちに水溜まりができている。

菅笠をかぶった市助《いちすけ》が泥水を草鞋《わらじ》でぴちゃぴちゃと跳ねあげ、先に立って黙々と道を急いでいた。

市助は平蔵の生家である神谷家の下男で、もう七十歳をこえている。

髪の毛だけは歳相応にすっかり白くなってしまったが、足腰もしゃんとしているし、骨身惜しまずはたらく実直者である。

「なぁ、おい。いったい兄上の用とはなんなんだ」

ところどころ穴のあいているオンボロ番傘の雨漏りを気にしながら、平蔵は市助に問いかけた。

「さぁ、なにも聞いてはおりませぬが、ふだんからぼっちゃまの暮らし向きを案じられておりますするゆえ、さしずめ見目よいお相手でも見つかって、お見合いでもさせようという、おつもりではありませぬか」

「ばかをいえ。あの石頭の兄上が弟の嫁取りなどに気を回すわけがなかろう」

「いえいえ、お殿さまはともかく、奥さまは常日頃から、ぼっちゃまによい嫁御がいないものかともらしておられます。そんなことをおっしゃっては、バチがあたりますですよ」

市助は菅笠の頭をかしげてふりむくと、ピシリときめつけた。

「そもそも、神谷家のぼっちゃまが、あんなむさい長屋で独り暮らしをなさるなど、とんでもないことでございます」

まるで家出した道楽息子でも叱りつけるような口ぶりだ。

「おい。おれは神谷の家を出た身だぞ。どこでどう暮らそうが、おれの勝手だ」

「そうはまいりませぬです。いくら別家なさろうが、ぼっちゃまが神谷家のお血筋であることに変わりはありませんです。はい」

――なにが、お血筋だ。たかが千八百石の旗本、ご大層なことを言うな。

と言いたかったが、そんなことを言えば市助になにを言われるかわかったもんじゃないから黙って聞き流すことにしたら、市助はさらに言いつのった。

「万が一にも、ぼっちゃまの独り暮らしにつけこんで誑《たら》しこんでやろうという色年増《どしま》でもあらわれたら一大事。……なにせ年増女というのは、男あしらいはやさしげでも本性は生臭いものですから、ゆめゆめ油断はご禁物でございますよ」

まさか平蔵が井筒屋のお品とわりない仲になっていることを市助が嗅ぎつけたわけではあるまいと思うが、

「おい、女はなにも年増ばかりとはかぎらん。番茶も出花のおぼこが相手ならいいのかね」

ちくと探りをいれてみた。

「とーんでもございません。手つかずの新鉢《あらばち》なんぞとわりない仲になったら、それこそ泣くわ、わめくわの大騒ぎになりますです。おぼこは年増より始末が悪いものでございますよ」

「ほう、ばかにわけ知りなことをいうじゃないか。市助も新鉢を割って泣きつかれたことがあるのかね」

「へぇ、そりゃもう、若いころは……」

ひょいと口をすべらしかけ、市助は急いで口に蓋をした。

「ぼっちゃま、年寄りをからかうものではありませぬ」

「ま、女の講釈などどうでもいいが、そのぼっちゃまだけはよせ。おれはもう三十一だぞ」

「いくつになられようが、ぼっちゃまはぼっちゃまでございます。はい」

「………」

もはや度しがたい爺ぃだと、平蔵は憮然とした。

朝飯を食っていると、駿河台の屋敷から下男の市助が雨のなかをやってきた。

兄の忠利が「すぐにつれてこい」と言っているという。

——家来じゃあるまいし、すぐ来いはないだろう……。

おれにも都合というものがある。医者という稼業もあるし、暮らしもある。

飼い犬じゃあるまいし、ほいほいと兄の言いなりになっていられるかという次男坊の意地もある。

なにか適当な口実をつけて追い返そうかとも考えたが、情けないことに兄には逆らえない習癖が胴身にしみついている。

おまけに困ったときのなんとやらで、いろいろ援助してもらったこともあるし、これから先もないとは言い切れない。

ま、顔ぐらいは出しておいたほうがいいな。

とどのつまりは、雨のなかをオンボロ番傘をさして出向くことにしたのだ。

「おれも存外だらしがないな……」

ぼやいたら、市助がすぐに食いついてきた。

「ぼっちゃま、だらしがないとはどういうことです。まさかわりない仲になったおなごがいるなんてことは……」

まったく耳ざとい爺ぃだ。

「ないない、そんな女がいたら、とうに所帯をもっているさ」

「めっそうもございません。もし、そんなことになったら奥さまがどんなにお嘆きになりますことか」

「わかった、わかった」

二

駿河台の屋敷につくと、嫂《あによめ》の幾乃がわざわざ玄関の式台まで出迎えてくれた。

もう四十をすぎているが、頬はふっくらしているし、腰まわりも豊かで、まだ赤子のひとりやふたり産んでもおかしくないように見える。

「いやぁ、義姉上《あねうえ》はいつ見てもお若いですな」

ちょっぴり愛想をきかせたら、

「男はむやみと世辞など言うものではありませぬ」

ぴしゃっときめつけられてしまった。

幾乃には幼いときから母親がわりに面倒をみてもらっただけに、平蔵は兄より嫂のほうが頭があがらない。

「いや、世辞ではなく見たままを申しあげたつもりですが」

「ま……どこを見てそう思ったのですか。正直におっしゃい」

「は……それはですな」

まさか腰まわりがとは言いにくい。

「その、どこというわけではなく……総体に、ですよ」

ひかえていた奥女中の佳世《かよ》が袖を口元にあてて笑いをこらえている。

「なんだか苦しいいいわけですこと……」

幾乃は満更でもなさそうに笑みをうかべた。

「でも、おなごはいくつになっても若いといわれるとうれしいものです。……だからと言って、やたらと世辞をふりまくようでは男としてかろんじられますゆえ、ほどほどになさい」

やっと放免された。

佳世に案内されて書院に向かったが、なにしろ千八百石の大身旗本の屋敷だけに、建物は古いが、ちょっとした小大名の屋敷ぐらいはある。

廊下をいくつか曲がって、ようやく書院にたどりついた。

「遅いぞ！　平蔵……」

畳に足を踏みいれるなり、頭ごなしに叱声《しっせい》がとんできた。

「お言葉ですが兄上、羽があるわけではございませんからな」

むっとして言い返したが、兄の忠利の前に端座している獅子ッ鼻の男が笑みをうかべて会釈をしてきたのにはおどろいた。

先日、神田橋御門外の濠端で鉈豆煙管《なたまめぎせる》をくわえながら声をかけてきた、どんぐり眼の侍にまちがいない。

「お……これは」

「なにを突っ立っておる。引きあわせるまでもなさそうだが、この男は徒目付《かちめつけ》の味村武兵衛《ぶへえ》と申しての。心形刀流《しんぎょうとうりゅう》の遣い手だ」

「味村武兵衛にござる。過日は神谷さまの弟御とは露知らず、ご無礼をつかまつりました」

獅子ッ鼻が居住まいをただし、神妙に挨拶した。

なにが露知らずなものか、なにもかも知っていてとぼけていやがったくせにと思ったが、兄の手前もあるから穏やかに挨拶を返した。

それにしても、なんだって徒目付が同席しているんだ……。

「平蔵。隠しだてはならんぞ」

いきなり忠利がじろりと睨みつけると、懐から印籠を取りだし、ポンと平蔵のほうに投げてよこした。

「あっ……これは」

先日、濠端の乱闘のときから行方不明になっていた印籠だった。

「神谷の家紋入りゆえ、味村が拾って届けてくれたのだ。礼を言うがいい」

ははぁ、そういうことだったのか……。

「これは、造作をおかけした」

一礼した平蔵の目が、忠利のわきに置いてある黄金の蛇に吸いよせられた。

紫色の袱紗《ふくさ》の上から、金色の蛇が紅玉の眼ざしを向けている。

まぎれもなく、おもんの隠れ家で見た金の蛇だった。

「………」

その金の蛇のかたわらに、銀煙管が何かのお呪《まじな》いのように置かれていた。

よく見ると、銀煙管には三匹の猿が精緻《せいち》に刻まれている。

どういうことなんだ……。

問いかけるように兄の顔を見返した。

「どうやら心当たりがあるようだの」

「は……」

「ごまかしても無駄だぞ。過日、おもんと申す女忍びをおぶって三河町の角屋敷まで走ったこともわかっておる」

「ははぁ……」

どうやら、濡れ鼠のおもんを背負っての道行きを味村に見られていたらしい。

憮然として味村武兵衛の獅子ッ鼻を睨みつけた。

「いや、勘違いなされては困りますぞ。あの夜、一部始終を見届けておったのは手前の配下の者でしてな」

味村はいそいで顔の前で手をひらひらさせた。

「それがしが、あの場に居合わせたら、当然のことながら助太刀つかまつった」

どうだか怪しいもんだ……。

平蔵がじろりと味村のどんぐり眼を睨みつけていると、忠利が嵩《かさ》にかかって詰問してきた。

「これ、平蔵。いまさら隠しだてしてもはじまらん」

「は……」

「包み隠さず申すがよいぞ。……きさま、おもんと申す女忍びとはいかなるかかわりがあるのだ。ん？」

「は……いや、別にかかわりというほどのことは」

まさか、暗闇坂下のおもんの隠れ家で一夜の契りを結んだなどと言うわけにはいかない。

「先年、磐根藩のいざこざにかかわったとき、謀反《むほん》の片棒をかついでいた加賀谷《かがや》玄蕃《げんば》と申す旗本の別邸に斬りこんだものの、火の手につつまれて逃げ場を失《うしの》うたことがござる。そのとき助け出してくれた、いわば命の恩人ともいうべきおなごです。……ただ、それだけのことで、なんら疚《やま》しいことなどござらん」

きっぱりと胸をはってみせた。

「まこと、それだけか……」

「これはしたり、この平蔵、兄上に偽りを申したことは一度もありませぬぞ」

「それはどうかの。むきになるあたりが、どうも怪しいが、ま、そのことはさしたることではない」

どうやら、うまくごまかせたなと、内心にんまりしたのも束の間、忠利は半身を乗りだし、妙にあらたまった表情で手招きした。

「近《ちこ》うよれ。平蔵……もそっと近う」

「は……」

なにやら嫌な予感がしてきた。

三

「よいか、平蔵。これから申すことは大公儀《おおこうぎ》の秘事にかかわることゆえ、かまえて他言は無用だぞ。わかったな」

四十三歳になる忠利は、いかにも幕府の高級官僚らしいもったいぶった口調で切り出した。

「は……」

いちおうは平蔵も居住まいをただしたものの、内心では、また、はじまったかと鼻じろんだ。

兄は何かにつけて大公儀を伝家の宝刀のようにふりかざすが、いまの平蔵は幕府の秘事など、まるきり関心がない。

とはいうものの幼いころに両親を亡くした平蔵にしてみれば、ひとまわりも年上の兄の忠利は、父親に近い存在である。辛抱して聞くほかなかった。

「わしは、この二月に目付に任じられ、間部詮房さまの密命をうけて荻原重秀の糾明《きゆうめい》に動いておる」

荻原重秀は幕府の勘定奉行である。

江戸市中に落首が出まわったことがあるほど悪評の高い男だから、いずれは幕府も捨ておくわけにいかないだろう、とは思っていた。

兄が目付に任じられたというのは初耳だ。

――なにしろ、この駿河台の屋敷に足を運んだのは年始の挨拶以来だからな……。

ちくりと後ろめたい気がしないでもなかった。

目付は旗本、御家人を監察し、その理非曲直を糺《ただ》す役目である。

政務に直接たずさわることはないが、隠密、探索を兼務する徒目付をはじめ小人目付《こびとめつけ》、黒鍬者《くろくわもの》、徒押《かちおし》、火之番組頭、中間頭《ちゅうげんがしら》などを指揮する重職で、目付から寺社奉行や町奉行に抜擢《ばってき》されることが多い。

旗本にとっては出世の登竜門といわれる役職でもある。

ただし目付に登用されるには謹厳にして、かつ公平無私な人物でなければならなかった。

そういう点では兄にはうってつけの役職だと平蔵は思った。

「荻原重秀にとかくの風聞《ふうぶん》があることは、そちも耳にしておろう」

「なにせ、きゃつは常憲院《じょうけんいん》さまの厚遇《こうぐう》をよいことに十六年もの長きにわたって勘定奉行の座にとどまり、幕府財政をほしいままにしてきた奸物《かんぶつ》だ。……いや、奸物というより妖怪といってよい」

「は、いささかは……」

常憲院さまというのは、犬公方《いぬくぼう》と悪名の高かった前将軍綱吉のことである。

荻原重秀は勘定方の小吏の次男に生まれたが、綱吉から算用の才を見こまれ、禄米百五十俵の軽輩身分から、とんとん拍子に累進を重ねた男だ。

格式も従五位下《じゅごいのげ》近江守《おうみのかみ》に叙《じょ》され、禄高も加増に加増をかさねて三千七百石を領する大身旗本にのしあがった。

天下泰平の世に、これだけ異例の出世をとげた男もめずらしい。

いまや老中はもとより将軍家宣《いえのぶ》でさえ、財政のことは荻原重秀に訊かなければなにもわからない状態だという噂だ。

むろんのこと平蔵は会ったこともなければ、顔を見たこともないが、奸物だの、妖怪だのといわれるからには相当な辣腕家《らつわんか》にちがいない。

いっぽう、忠利は生来が生真面目《きまじめ》な男で、およそ手練手管を駆使するような駆け引きは苦手なたちである。

目付に就任したことは兄の慶事だが、妖怪退治などという任務はあまり向いていないような気もする。

弟として、いささか心配になったが、忠利はそんな平蔵の懸念をよそに気合いのはいった顔を見せた。

「ただ荻原を罷免《ひめん》するだけのことならたやすいが、それでは旧弊《きゅうへい》を打破し、公儀財政を一新することはできん。きゃつの積年の罪を明々白々にさらして糾弾《きゅうだん》し、完膚《かんぷ》なきまでにたたきつぶさねばならんと間部さまも仰せられている」

兄の口調には幕閣の中枢にかかわっているという昂ぶりが漲《みなぎ》っていた。

「もとより下手に手をつければ大火傷《おおやけど》しかねん相手だが、いつかは、だれかがやらねばならんことだ」

そう言うと、忠利はぐいと膝を乗りだした。

「しかも、こたび荻原弾劾《だんがい》の急先鋒に立たれておるのは筑後守どののなのだ」

「白石先生が……」

これには平蔵もおどろいて耳をそばだてた。

筑後守というのは新井白石のことである。

いま新井白石は将軍家宣の政治顧問という要職にあるが、かつては家宣の学問の師だった。

白石がまだ一介の学者として陋屋《ろうおく》に私塾をかまえていたころ、平蔵も薫育をうけたことがある。

わずか一年たらずのあいだだったが、白石は書物の解釈だけに終始するような凡々たる学者ではなかった。孔孟の書を解読するだけにとどまらず、異国の歴史や権力者の治世を論じるかと思えば、一転して肉親の情愛のなんたるかを説いたり、子女の薫育はかくあるべしと熱弁をふるうという思想家でもあった。

そのころ平蔵は学問よりも剣に魅せられていて、どちらかというと不出来な弟子だったが、白石の口から発せられる言葉は片言隻語にいたるまで胸にずしりとひびくものがあり、いまだに平蔵の躰の奥深く刻まれている。

たしかに並の儒学者ではなかったが、なにも荻原重秀などという俗吏《ぞくり》弾劾の急先鋒に立たなくてもよかろうにと、ひそかに師の身を案じずにはいられなかった。

「なぜ、また白石先生がそのような……」

「俗事に首をつっこまれるのかと言いたいのだろう」

「ええ、まぁ……」

「たしかに筑後守どのは人事などという生臭いものに似つかわしくない御仁だが、

よほど荻原の専横ぶりに義憤をいだかれたのだろうな。一身を投げうってもも天下万民のために泥水をかぶろうという強い決意でのぞんでおられる」

平蔵、いささか辟易《へきえき》気味になった。

義憤はともかくとしても、一身を投げうつとか、天下万民のためなどという大袈裟な言葉はあまり好きではない。

兄は荻原重秀を奸物だの、妖怪だのと口をきわめて罵倒するが、

――たかが幕府の吏僚じゃないか……。

という思いが平蔵にはある。

それに、兄が目付という立場上、荻原糾弾に懸命になるのはわかるとしても、

――なんだって、おれにそんなことを聞かせるんだ……。

そこのところが、もうひとつわからない。

しかし、忠利はよほど気負っているとみえ、いつになく頬が紅潮していた。

「これは、はじめて耳にしたことだが、荻原重秀が勘定奉行に任じられてから十六年のあいだに私腹を肥やした額は二十万両を超えるというぞ」

「……二十万両、ですか」

あまりにも途方もない金額が飛びだしてきて、平蔵は戸惑った。

二十万両というと、いったい千両箱でいくつになるんだ……。

月に三両の出稽古料で上機嫌になっている平蔵には無縁の世界だった。

「おそらくその金の出所の大元は金座の後藤か、銀座あたりだろうな」

今度は金座に、銀座ときたか……。

なんともキナ臭い連中が雁首《がんくび》をそろえたものだ。

瓦版屋にでも売りこんだら小躍りして飛びついてきそうな話だな、と思った。

金座、銀座といえば天下の貨幣を鋳造する、いわば打ち出の小槌みたいなところである。それが勘定奉行に莫大な袖の下を贈り、天下の貨幣を自在に操っていたとなると、これは幕府の屋台骨をゆるがすことになりかねない。

ようやく平蔵にも事の重大さが見えてきた。

「金座や銀座がからんでいるとなると、元禄以来の貨幣改鋳をめぐる汚職が焦点ということですか」

「ま、そのあたりが眼目となるだろうな」

金座は金貨をあつかい、銀座は銀貨鋳造を請け負うから、貨幣改鋳のたびに金座や銀座には労せずして莫大な手数料が流れこんでくるという寸法だ。

「しかも、肝心の金銀の含有量までが荻原の胸三寸できまるから、金座や銀座にとってはいくら袖の下を使おうが、そんなものは目糞か鼻糞みたいなものだ」

二十万両が目糞鼻糞なら、磐根藩からもらう出稽古料などはさしずめ蚤《のみ》の糞みたいなものということになる。

これには平蔵、あいた口がふさがらない。

いささか憮然としていたところに、嫂《あね》の幾乃が女中たちに酒肴の膳を運ばせてあらわれた。

「さぁさ。お話の腰をおるようですが、もう九つもすぎましたゆえ、このあたりでひと息いれてお口をおしめしなされませ」

「おう、もうそんな時刻になったか。よし、あとの話は酒を飲みながらということにしよう」

中食だというのに膳には二合徳利がついているうえに、小鯛の塩焼きと、いまが旬のウドの山椒味噌にメカブの酢醤油和えまで添えられている。ウドもメカブも平蔵の大好物だ。

膳の上を見渡しただけで平蔵の腹の虫がさわぎだした。

小鯛の塩焼きをつつきながら忠利から聞かされた荻原重秀の守銭奴ぶりは想像を絶するものがあった。

四

幕府の慣例では将軍が隠居や病死で代がわりすると、西ノ丸にいる世子は住まいを本丸にうつすことになっている。

隠居した綱吉にかわって家宣が本丸に移ることになったときも、中奥を改築することになったが、そのとき荻原は幕府の材木蔵に保管されている材木で使えるものは一本もないと言い切り、御用材の一切を新規に購入させた。

ところが材木商が幕府に納入した柱は一本が百両もするという高価なものばかりだったという。

「柱一本が百両とは、またえらく豪勢な話ですな」

あまりのことに平蔵は呆れかえった。

「町場では百両もあれば長屋がいくつ建つかわかりませんぞ。……一本百両もする御用材というと、沈香《じんこう》か黒檀《こくたん》の柱でもふんだんに使ったんですかね」

「ばかをいえ。いくら上様の中奥とはいえ、そんな贅沢は許されん。使われたのは檜か杉だから、いくら飛騨の上物といっても一本二十両か三十両も出せば御の字だろう」

「それが、どうして百両に化けたんですかね」

「わしが耳にしたところによると、上様が移転を急がれておるゆえ、商人の言い値で購入し、とにかく工事を早くすすめろと荻原が作事奉行に申したそうだ」

「ははぁ……そういうからくりか」

平蔵のような素人が聞いても、木場《きば》の材木問屋どもが荻原にさしだす賄賂《わいろ》を御用材の値段に上乗せしたということは明白だったが、忠利は「こんなものは、ほんの序の口にすぎん」と吐き捨てた。

荻原は綱吉の隠居所の造営や、東本願寺に朝鮮使節の客殿を造営するおりにも、材木はもとより襖や畳などの購入費用から、工事請負業者の選定にまで首をつっこんだというから、荻原の手元に流れこんだ賄賂がどれほどのものか、見当もつかないほどだという。

幕府の工事は入札が原則になっていたが、これは建前にすぎず、入札にくわわるには工事の担当奉行に「たてもの」とよばれている礼金をさしだすのが慣例になっている。「たてもの」は工事の規模によって金額が変わるが、この役得を受けとる普請奉行も荻原の息のかかったものが任命された。

「任命された普請奉行から、荻原の手元に多額の袖の下が渡ったことはまちがいない」

忠利の話を聞いていると、まさに荻原のやりたい放題、濡れ手に粟のボロ儲けである。

「それだけ専横の事実がわかっているなら、荻原を糾明するのは造作もないことに思えますがね」

「ところが、そうは問屋がおろさんのだ。そもそも賄賂などというものは出すほうも、取るほうも、それぞれが尻尾をつかまれるような証拠は残さぬよう工夫する。……頭痛の種はそこのところだ」

忠利の顔にめずらしく苦渋の色がにじんでいる。

「なにしろ荻原は常憲院さまのころから幕府財政を一手に掌握してきておる。荻原がすすめた元禄の改鋳は悪貨流布のそしりはあるにせよ、破綻寸前だった幕庫に五百万両という巨額の出目《でめ》をもたらしたことは事実だからの」

出目とは金銀貨幣の質を落とすことで得られる差益のことである。

「つまり幕府は荻原にキンタマをにぎられているということですな」

「キンタマとはなんだ。言葉をつつしめ」

せっせと小鯛の塩焼きをつついていた味村が、はたと膝をたたいた。

「うまい！　いや、キンタマとは至言ですな」

にやりとして、また小鯛をつつきはじめた。

なんとも、とぼけた男だ。

「体裁をつくろってみたところではじまりませんよ。そもそも荻原を増長させた元凶は綱吉公と、幕府の老中方ということになる。こりゃ荻原を始末するのは容易なことじゃない」

「そんなことは、きさまに言われんでもわかっておる」

忠利は苦虫を嚙みつぶしたように口をひんまげた。

「とはいえ、何事も袖の下で動くという風潮を断ちきるのは、いまをおいてない。このまま荻原の専横を見過ごせば、悪弊を千載に残すことになりかねん」

忠利のいうことは正論だった。

だが正論が常に通るとはかぎらないのが世の中というものだ。

火事で泣く者もいれば、火事で算盤《そろばん》をはじく者もいる。

過日、江戸の火事のことを話しあっていたとき、桑山佐十郎がそんなことを言っていたのを思いだした。

人はほとんどの場合、他人の不幸を種にしてもおのれが得することを考えるものだ。

——なにしろ幕府の開祖と崇められている家康公にしてからが、豊臣政権の退潮を待って天下を盗んだようなものだからな。

それにくらべれば荻原重秀という奸物などは鼠賊《そぞく》のようなものだろう。

とはいっても、窮鼠、猫を嚙むということもある。

生真面目な気性の兄が突っ走りすぎて、荻原という鼠に嚙みつかれないことを願わずにはいられない。

「まずは荻原が言い逃れようのない尻尾をつかまねばなりませんな」

「そのことよ。やつを糾明するには確たる証《あか》しがいる。そこで思いきって黒鍬者を使い、荻原の屋敷に探りをいれてみたのだ」

「黒鍬者……」

平蔵は目を瞠《みは》った。

「それじゃ、おもんも黒鍬者だったんですか」

「なんだ、おもんの素性も知らずにかかわっておったのか。迂闊《うかつ》ものめが」

「いや、わたしはてっきり公儀隠密かと思いこんでいました」

「ふふふ、黒鍬者も公儀隠密といえぬこともない」

「そりゃ、どういうことです」

「ま、公儀隠密といってもいろいろあってな。上様の直命をうけてはたらくお庭の者もいれば、粒来小平太やおもんのように目付の命をうけて隠密をつとめる者もおる。これが黒鍬者だ」

忠利によれば抜け荷（密貿易）を摘発するための隠密や、諸藩の内情を探るため何代にもわたりその地に住みついている埋め草とよばれる隠密もいるという。

黒鍬者の祖先はかつて武田信玄に仕えた忍びの一族だということだった。

おもんの兄の粒来小平太は黒鍬者の組頭のひとりだった。

忠利の命をうけた粒来小平太は妹のおもんとともに荻原邸に潜入し、収賄の証拠を探索していたところを不運にも荻原に雇われていた忍びの者に発見されたのだという。

ふたりは血路を斬りひらいて逃走しようとしたが、忍びの集団の執拗な追跡をかわしきれず、粒来小平太はおもんを逃がし、みずからは自決したのだという。

徒目付の味村武兵衛が濠から引きあげた曲者の死体を調べたところ、荻原重秀が飼っていた忍びは伊賀者だろうということだった。

戦国時代、伊賀者は甲賀者とともに庸兵として重宝がられたが、徳川の天下となってから家康に臣従した者と、仕官を望まず、いまだに畿内の山野に雌伏している者とにわかれた。かれらは時によっては庸兵になることもあるが、けっして主取りはしないという。

幕府は忍びの者を雇うことを禁じているが、それでもひそかに忍びの者を雇い、暗殺や探索に利用するものは絶えないらしい。

荻原が御禁制を破って忍びの者を雇っているということは、それだけ追いつめられている証拠だった。

新井白石は家宣の政治顧問に任じられてから、荻原が幕府財政をほしいままに動かし私腹を肥やしていることを知り、再三にわたって荻原重秀を弾劾する文書を間部詮房を通して家宣のもとに提出してきた。

家宣も元禄の改鋳が物価の高騰を招き、徳川治世への信頼を損ねたのは事実だと認めてはいた。とはいうものの逼迫《ひっぱく》していた幕府財政を曲がりなりにも建て直した荻原の功績も認めないわけにはいかなかった。

そのため白石の弾劾書はことごとく握りつぶされてきたのだ。

「だからといって荻原が幕閣から身の安泰を約束されたというわけではない。なんといっても、白石先生には間部さまという後ろ盾がひかえておられる。そのことをだれよりもよく知っているのは荻原重秀だろうよ。……きゃつは、いまや、なりふりかまわず保身に奔走しておる。もし、白石先生の弾劾が上様に取りあげられるようになったら、これまで手にしてきたもののすべてを失うことになりかねん」

そういうと忠利は袱紗の上に置いてあった黄金の蛇を手にした。

「粒来小平太を失ったのは残念だったが、おもんが兄の命とつりかえにしてまで荻原の屋敷から持ち帰った、この黄金の蛇が、荻原糾明の糸口になる」

忠利は掌のうえで赤い双眸をかがやかせている黄金の蛇に目を落とした。

「この蛇は金無垢《きんむく》で造られているうえ、眼には南蛮渡りの紅玉を嵌《は》めこみ、極上の瑪瑙《めのう》を髑髏《どくろ》に刻んで台座に使うという贅沢なしろものじゃ。……味村が横山町の小間物問屋にもちこんで値踏みさせたところ、元値だけでも三百両はくだらんそうだぞ」

「それは、また……………」

　思わず平蔵は目を瞠った。いくら金無垢といっても高すぎると思ったが、忠利はさらにおどろくべきことを口にした。

「こっちの三猿《さんえん》の銀煙管のほうもなかなかのものらしいが、蛇のほうは眼に使われている紅玉と、台座の髑髏の瑪瑙だけでも問屋値段で二百両はするそうだ」

「………」

「それに、この蛇は鱗の一枚一枚まで克明に刻まれている。これだけの細工物を造れる職人は江戸でも五人とはいないらしい。どちらも乙次郎と申す彫金職人の手によるものらしいが、その黄金の蛇は大坂の豪商あたりなら黙って千両は出すそうだぞ」

　平蔵は唖然として、味村武兵衛をかえりみた。

「いったい、どこからそんなべらぼうな値が……」

　味村は鯛をあらかた片づけて、ウドの味噌和えに箸をつけていたが、残念そうに箸をおくと、唇についた味噌をぺろりと舌でなめた。

「まさかと思われるのも無理はありませんが、当節、富商のあいだに干支物《えともの》をあつめる道楽が流行っておるそうで、黄金の蛇も、三猿の銀煙管もその手の干支物のたぐいだろうということでした」

味村が聞いてきたところによると、干支物の収集とは十二支にちなんで鼠、牛、虎、兎、龍、蛇、馬、羊、猿、鳥、犬、猪をあしらった飾り物や刀の鍔《つば》などをあつめることだが、富商のあいだでは鳥は雉子《きじ》が、犬は狛犬《こまいぬ》が好まれているということだった。

銀煙管のほうも干支物のたぐいで百両はくだるまいということだが、黄金の蛇のほうは材料も細工も極上品で、この手の細工物が十二体そっくり揃っていれば、らくに二万両は超えるらしい。

「まさか……」

「いやいや、当節の商人の富ははかり知れぬものがござってな。おおかたの大名家は商人にキンタマをにぎられているようなもので、堺あたりの商人は茶碗ひとつに万両の大金を積むといいますからな」

味村は通町二丁目の越後屋という献残屋《けんざんや》の手代が、店の金をちょろまかして妾《めかけ》を囲っていることを嗅ぎつけ、賄賂のからくりを吐かせたのだという。

「なにしろ、そのことが主人にばれたらコレもんですからな。一も二もなくゲロしましたよ」

素っとぼけた顔をしているが、この味村という徒目付はなかなかの凄腕だなと平蔵はあらためて見直した。

「この金の蛇にはまだまだ裏がありましてな。手代の話によれば、この蛇を越後屋にもちこみますと、なんと蛇一体を三千両で買い取る仕組みになっているそうですよ」

「三千両…………」

蛇だけで三千両なら、干支物をそっくりそろえれば何万両になるのか、ちょっと見当もつかない。

――いったい、この世の中、どうなってるんだ……。

平蔵、憮然とした。

五

献残屋とは進物品を下取りする商いで、江戸商いとよばれ、京や大坂にはない江都独特の商売である。

首都である江戸には諸大名の江戸藩邸や旗本屋敷があり、上方の商人も江戸に出店をもっている。

行政の府である江戸城には老中、若年寄を筆頭に将軍に近侍する側用人、奏者《そうしゃ》番《ばん》、江戸市中の治安、司法の長官である寺社奉行や町奉行、財政を掌握する勘定奉行もいれば、大名や旗本を監察する大目付、目付、勘定吟味役などもいる。

これらの行政府の長官には、大名や旗本、商人から進物がひっきりなしに贈られてくる。

こうした進物は昇進や仕事の斡旋《あっせん》、はては家中の不祥事の目こぼしを狙っての賄賂めいたものもあれば、儀礼的なものもある。

こういう進物は受け取ったほうも持てあます。それを格好の値で下取りするのが献残屋である。

下取りした品物は新品だし、そのまま贈り物に使えるから、利益を上乗せして売りさばくのが本業である。

贈るほうも献残屋で購入したほうが安く買えるし、献残屋が贈り先や贈る目的を聞いて、妥当な品物をえらんでくれるから重宝がられていた。

ただし献残屋は利鞘《りざや》を見こんで下取り価格をきめるのが商売である。千両でもばか高いと思える飾り物を、その三倍もの高値で引き取るなど考えられないことだ。

「どうだ、平蔵。やつらの賄賂のからくりが読めてきたか」

忠利が問いかけたが、平蔵には見当もつかなかった。

「からくり……ですか」

「まぁ、まともに考えればわからんだろう。そこが、このからくりの巧妙なところだがな」

「…………」

「そちには無縁のことだろうが、およそ進物というものは白絹十反に銘酒五樽というように値《あたい》がほぼきまっているものだ。そのほうが贈るほうも、受け取るほうもわかりやすいからだろう。また、値がきまっていれば献残屋としても安心して引き取れる」

「…………」

「しかし、この黄金の蛇のような干支物《えともの》は値があってないにひとしい。献残屋としてはあつかいにくい品物だといえるだろう」

「…………」

「ところが、あらかじめ買い取り価格に利鞘を上乗せした値で引き取ってくれるという約定ができている先があるとしたら、どうだ」

「そりゃ献残屋にとっては御の字、濡れ手に粟のボロ儲けでしょうが、そんなうまい話があるんですかね」

「よいか、勘定奉行に在任して十六年にもなる荻原重秀の屋敷には、当然のことながら、御用商人からの進物や贈答品がひきもきらず届けられてくる。しかも、これらの品物を引き取る献残屋は、越後屋だけときまっておる。そこが、からくりの味噌だ」

「ははぁ……」

ようやく平蔵にも、献残屋を通した賄賂の巧みなからくりが見えてきた。

荻原重秀から越後屋が買い取った黄金の蛇を贈り主に持ちこめば、越後屋の買い取り価格に利鞘を上乗せした金額で引き取ってくれるという約定が、あらかじめできているとしたら、こんならくな儲け口はない。

「つまり、その黄金の蛇の贈り主は金座か、銀座ということですか」

「十中八九、そう見てまちがいないだろう」

百両や二百両の袖の下ならともかく、千両、万両の大口の賄賂をじかに荻原の屋敷に運びこめば公儀の目にもつきやすいし、のちのち賄賂の証拠にもなる。

ところが黄金の蛇を進物として贈り、後日、それを荻原が越後屋に引き取らせるという寸法である。越後屋が金の蛇をいくらで買い取ろうが、それは越後屋の勝手ということになる。

金座や銀座はあらかじめ越後屋に買いもどし価格を伝えておいて、のちに利鞘を上乗せして買いもどせばいい。

荻原はいつでも、好きなときに越後屋に引き取らせるだけで莫大な賄賂が手に入る。それればかりか、越後屋に進物を下取りさせただけだという、うまい口実がつくことになる。

いっぽう越後屋のほうとしても、確実な引き取り先があり、かつ利鞘もたっぷり稼げる。

「なんとも悪知恵のまわるやつらですねぇ」

平蔵が呆れていると、味村が補足した。

「これは北町の斧田という定町廻り同心が探索したことですが、乙次郎という職人は三年がかりで十二体の干支物を造ったようです」

しかも、味村が黄金の蛇の値踏みをさせた小間物問屋の番頭の話によると、黄金の蛇が千両なら龍や虎は細工も手がかかるし、使われる黄金も蛇の何倍もいるだろうから、一体で二千両してもおかしくないと断言したという。

「十二体そろっていると二万両といいますが、もともと賄賂が目的だとすれば荻原が越後屋から受け取る金額はいくらになるか見当もつきません。なにしろ賄賂に上限はありませんからな」

話を聞いているうちに平蔵はだんだん腹が立ってきた。

受け取る荻原も荻原だが、その荻原にまつわりついてボロ儲けをしようという金座や銀座、そのまたあいだに割り込んで利鞘を稼ごうとする献残屋……。

「ちっ。どいつもこいつも金の亡者《もうじゃ》だ。なんだってそんなやつらをのさばらせておくんです。……そこまでやつらの手口がわかっているのなら、さっさとお縄にしたらどうなんです」

「平蔵。それしきの酒で酔ったか」

忠利がたしなめたが、平蔵はひるまなかった。

「冗談じゃない。これしきの酒で酔うほど平蔵はやわじゃありませんよ」

めったに兄に逆らったことはなかったが、月に三両か四両の稼ぎにあくせくして生きている長屋の連中のことを思えば、懐手をしたままで巨額の金をかきあつめている荻原や商人たちが許せなくなってきた。

「酒には酔っちゃいませんが、金の亡者の毒気にあてられ、吐き気がする」

平蔵は盃を膳に伏せると、味村を目でしゃくりあげた。

「味村さんがここまで調べあげたんだ。あとは目付たる兄上の出番でしょう。……乙次郎という証人だっているんだから、乙次郎の身柄をおさえればこっちのものじゃありませんか」

とたんに忠利の顔がしぶくなった。

「その、乙次郎が生きていれば苦労はせん」

「どういうことです」

「乙次郎とやら申す職人は、先月、何者かに消されてしまったらしい」

「消された……」

「つまりは、口封じでしょうな」

味村は手にしていた箸を斜めにふってみせた。

「中川河口の磯で釣りをしていたところをバッサリ……」

「………」

「乙次郎の死体を検分したのは、さきほど申した斧田という北町の同心ですが、左の肩口から胸にかけて一刀両断、死体を見なれている斧田も息を呑むほど凄まじいものだったそうです」

「下手人は侍、か……」

「それも相当に腕のたつやつでしょうな」

味村は深ぶかとうなずいた。

「また、この磯が釣師のほかはめったに人のこない場所でしてね。砂地には乙次郎と死体を見つけた百姓の草鞋の跡のほかに、麻裏草履《あさうらぞうり》の跡がしっかり残っていたそうです」

六

味村の話によると、この事件の探索にあたることになった斧田という北町奉行所の同心が、乙次郎が囲っていた美乃吉という芸者あがりの女を張り込んでいるうち、二人の侍が網にかかってきたという。

ところが、二人とも荻原重秀の家臣だというので町方同心には手が出せなくなって探索は手詰まりになっているとのことだった。

「一人は清水弦之助という荻原の近習頭ですが、これが、なかなかしたたかなやつでして、賄賂のからくりを仕切っているのはこやつにまちがいありません。

「……もう一人は壺井左門という供頭ですが、斧田同心は乙次郎を斬ったのは壺井左門のほうだと見ているようですな」

壺井左門は田宮流の免許取りで、居合いの腕はなかなかのものだという。

田宮流は林崎甚助重信の直弟子だった田宮平兵衛がひらいた流派である。

居合ったまま、間合いを取らず、柄に手をかけた瞬間に鯉口《こいぐち》を切り、迅速の初太刀で相手を斬り倒す。これが居合い斬りである。

おそらく斧田同心は死体を検分して、乙次郎は居合いの一太刀でやられたにちがいないと直感したのだろう。

「居合いか……」

平蔵はまだ田宮流の剣士と手合わせをしたことはないが、聞くところによると雑踏のなかで狙う相手とすれちがいざまに、まわりの人間がだれひとり気がつかないほど迅速の剣を遣って倒すという。

人気のない海岸で釣りを楽しんでいただけの職人を殺すのに、何も居合いを遣うことはあるまい。おそらく壺井左門という男は人を斬ることに快感をおぼえるたぐいの人間なのだろう。

剣客のなかには好んで人を斬りたがる性癖の者がいる。おのれの剣技に溺れるあまり、無用の殺戮《さつりく》に走るのだ。どうやら壺井左門という男もそういうたぐいの剣客らしい。

剣は遣う者によって破邪の剣にもなれば、人を殺《あや》めるだけの凶刃にもなる。

――剣技を磨く前に、まず心を磨くことだ。

師の佐治一竿斎《いっかんさい》の口癖を平蔵はゆくりなくも思いだした。

「この壺井左門という男が、いま、本所深川あたりに巣くっている浪人のなかで腕のたつ者をひそかにあつめております」

味村武兵衛のどんぐり眼が糸のように細くなった。

かれらは剣道場をひらきたいといって目黒村の農家を借りたものの、看板を掲げるようすもなく、弟子をあつめる気配もないという。

「むろん、資金は清水弦之助から出ていると見てまちがいありますまい」

「平蔵。……これをなんと見る」

だしぬけの忠利の問いかけに平蔵は戸惑いつつ、

「あのあたりで道場をひらいたところで弟子があつまるとは思えません。おそらくはほかの意図があってのことでしょう」

そう答えるのを予期していたように忠利はおおきくうなずいた。

「おそらくは刺客あつめであろう」

ずばりと忠利は言い切った。

「刺客……」

「荻原は勘定方の小役人の倅《せがれ》で、剣とは無縁の算盤侍だ。それが身元も怪しい浪人剣客をあつめさせているとなれば、目あてはひとつ……」

忠利の表情が沈痛な色に染まった。

「筑後守どののしかあるまいよ」

「白石先生、を……」

「わしも、まさかと思いたい。が、それよりほかに考えられん」

「………」

「いま、荻原弾劾の急先鋒に立っておられるのは筑後守どのだ。筑後守どのを亡き者にすることができれば、と考えたとしても不思議はない」

「ですが、幕閣には荻原糾弾派の間部さまもおられるではありませんか。先生おひとりを狙ったところで安泰というわけにはいかないでしょう」

「いや、荻原がやってきた財政のまやかしを糾明できるのは筑後守どのだけだ。いちいち数字をあげ、非を非と論じるには筑後守どののように財政にも堪能なおひとでのうてはかなわぬことだからな」

「………」

「いわば荻原重秀にとって、筑後守どのは目のうえのタン瘤《こぶ》なのだ」

「邪魔者は消せ、というわけですか」

「ま、そういうことになる。荻原は公儀直参とはいえ、算盤と弁舌が達者なだけの男だが、荻原に食いついて甘い汁を吸っているやつらは一筋縄ではいかぬ悪党どもだ。荻原という金のなる木を枯らさぬためには、容赦なく凶刃をふるうだろう。……まさか、などと悠長にかまえているわけにはいかんのだ」

　乙次郎を殺害し、ひそかに浪人をあつめていることを考えれば、兄の懸念はけっして杞憂ではなく、充分に起こりうることだと平蔵も思わざるをえなかった。

「平蔵。そちの剣の腕を、わしに貸せ」

「は……」

「いま、筑後守どのの身に万が一のことがあってはならん。荻原を糾明する証しをつかむまで、そちが筑後守どのの身辺を守れ」

「お言葉をかえすようですが、わたしは神谷の家を出て、いまは町医者として生計《たつき》を立てている身ですぞ」

「だからどうだというのだ」

「口はばったいようですが、これでも新石町界隈にはわたしを頼りにしてくれている者もおります。二日や三日ですむことならともかく、白石先生の身辺警護となればお屋敷に詰めっきりになりましょう。その間、診療所を休みっぱなしにするわけにはまいりません」

「たわけたことを申すな！　たかが腹くだしや風邪っぴきの治療と、天下の大事を同列に論じるつもりか」

「たかがと、軽々《けいけい》に申されますが、その腹くだしや風邪っぴきの治療こそが、わたしにとっての大事にございますぞ」

「なにぃ！」

　忠利の眉間に青筋が走ったが、平蔵はひるまなかった。

「たしかに荻原のような奸物を糾明するは天下の大事にございましょう。なれど公儀には日頃から扶持をいただいている旗本御家人がいるではありませぬか。一介の町医者を駆りだすことはあるまいと存じますが」

「ちっ！　そんなことは言われんでもわかっておる。その直参にものの役にたちそうな者がいれば、そちになど頼みはせぬわ」

「これはしたり、兄上のお言葉とも思えませぬ。高禄の御大身はいざ知らず、軽輩身分の御家人の子弟にはなかなか腕のたつ者もおりますぞ」

「ほう。ならば、そちが面倒を見ておるという小網町の道場にも手練《てだ》れがいると申すのだな」

忠利は脇息にもたれ、からかうように問いかけてきた。

「は……もとより何人かは」

「ならば早速、明日にもつれてまいれ。無事、警護の役をしとげた暁にはお役につけるようしてとらせる。よいな」

そのとき、味村武兵衛が鋭い目を平蔵に向け、かすかにうなずいてみせた。

忠利には気づかれないよう親指を下に向けて畳をつつき、指を二本立てた。

「………！」

前々から床下に住みついている雄の蟇《がま》が雌を呼んでうるさく鳴いていたのだが、その声がピタリととまっている。床下に何者かがひそんでいるのだ。

曲者は一人ではなく、二人いる。

平蔵が左脇に刀を引きつけるのを見て、味村がゆっくりと席を立っていった。

平蔵は引きつけた刀の鍔《つば》に指をかけ、鯉口を切った。

同時に右手で刀の柄頭《つかがしら》を鷲づかみにし、腰を浮かしざま抜きはなった刀の鋒《きっさき》を床下に向けて刺し貫いた。

異様な絶叫とともに鋒が獲物をとらえた確かな手応えが伝わってきた。

「な、なにごとじゃ⁉」

脇息を跳ねとばし、忠利が血相を変えて立ちあがった。

平蔵は床下にひそんでいた曲者の断末魔の痙攣《けいれん》が止まるのを待ってゆっくりと刀身を引き抜いた。

鋒から物打ちにかけて血糊がうっすらと浮かんでいる。

そのとき、中庭のほうで刃がからみあう鋭い音がひびき、気合いのはいった味村の声がした。

「曲者だっ。出会え！」

叫びながら駆けつけてきた家人たちを静める味村の声が聞こえてきた。

「どうやら、もう一匹の鼠は味村さんが仕留めたようだ」

平蔵は懐紙で刀身を拭いながら忠利を見た。

「このぶんでは白石先生ばかりか、兄上にも用心棒がいりそうですな」

一瞬、忠利の顔が紙のように白くなった。

第五章　執《しゅう》　鬼《き》

一

　その日、井手甚内はいつもより早めの八つ半（午後三時）ごろに稽古を切りあげて小網町の道場を出た。

　妻の佐登が三日前から風邪気味ですこし熱っぽく、今朝は食欲もなかったので、甚内が早く帰宅して夕飯の支度をしてやると言って出てきたのだ。

　これまで佐登は風邪ひとつひいたことがない、いたって丈夫な質《たち》だった。

　甚内と佐登のあいだには長女の久乃《ひさの》を筆頭に、長男の逸平《いっぺい》と、おととし生まれた次男の蔵太《くらた》をいれて三人の子がいる。

　久乃はもう七つだから買い物ぐらいはできるが、夕飯の支度をまかせるというわけにはいかないし、逸平は五つの遊び盛りだし、蔵太はまだ三つ、寸時も目が離せない年頃だ。

「おまえさま、これくらいのことで寝てはいられませぬ。夕餉《ゆうげ》の支度など案じなされずともようございますよ」

佐登は気丈に笑顔を見せたが、熱のせいか目もうるんでいる。

「よいから、今日はおとなしく寝ておれ」

と言いかせて出てきたのだ。

そのことを師範代の伝八郎に話したら、

「そりゃいかん。道場のことなど気にせずに帰られたがよかろう。なにせ、おまさが来てくれてからは飯の心配がなくなったせいか、弟子に稽古をつけるにも身がはいる。なんなら二、三日休んで恋女房どのの看病をなされてはいかがかな」

上機嫌で送りだしてくれた。

おまさは三日前、口入れ屋が寄越した下女である。

年は二十五、すこし年は食っているが、満月のような丸い顔をしているうえに目もまんまるで、足は大根のように太く、鏡餅をふたつあわせたような大きな尻をしている。

安房《あわ》の小百姓の娘で、十七のときに一度おなじ村の農家に嫁いだが、舅《しゅうと》が婿の目を盗んではしつこく言い寄るのにたまりかね、実家に逃げ帰ったものの、出戻りの娘を食わせるだけのゆとりはないし、近隣の目や口がうるさい。どうにも居づらくなり、いっそ下女奉公でもしてひとりで食っていこうと江戸に出てきたということだった。

道場は男ばかりだから、甚内としては通いの下女がいいと思っていたが、おまさは手当ては安くても、住み込みにしてもらいたいという。

「おなごがひとり身でいると、男が夜這いしてこねぇともかぎらねぇしよ。それに通いだと家賃さ払わなきゃなんねぇべ。そいじゃ、ろくにおまんまも食えねぇことになるでよ」

おまさは根っからさっぱりした気性の女らしく、あっけらかんとした顔でそういうと、ころころと声をあげて笑った。

おまさの図体と、お月さまみたいな顔を見ていると、男が夜這いをかけてくるかどうかは怪しいものだが、食い扶持と屋根つきの住み込みのほうが得だという言い分は甚内にもよくわかる。水商売ならともかく、下女奉公の賃金では九尺二間の裏長屋の家賃にしろ生計《たつき》を立てることはできそうもない。

どうやら通いの下女というのは無理な話らしい。

甚内も考えなおさざるをえなかった。

それに、おまさを見ていると、いくら男ばかりの道場でも妙なまちがいは起きそうもないな、と思える。

伝八郎も「こりゃ、からだも丈夫そうだし、よく働きそうだ」と、ひと目で気にいったらしいから、早速、雇うことにした。

おまさの部屋は、道場の台所の隣にある四畳半の納戸をあてがうことにした。

おまさは思ったとおりの働き者で、朝は七つ半（五時）には起きだして飯の支度をし、一日中休む間もなく、掃除をするわ洗濯はするわで、くるくると骨身惜しまずによく働く。

たった二日で道場のすみずみまでピカピカに磨きあげてしまい、ついでに乞食の巣のようになっていた伝八郎の寝部屋も見ちがえるようにきれいになった。

あげくには「旦那さん、もうほかにすることはないのかね」と物足りないような顔をする。

伝八郎のプンと臭うような褌も嫌な顔ひとつせずに洗うし、汗だくになった弟子の稽古着まで強引にひっぺがして洗ってしまう。

——あの働きぶりなら、年一両二分の給料は安すぎるくらいだな……。

そんなことを思いながら甚内が日本橋を渡り、明石町のほうに向かって歩いていると、三色の串団子が売り物の稲葉屋の看板が目にとまった。

佐登はこの店の団子が大の好物である。

食はすすまなくても、ここの団子なら食うかも知れん。

そう思ったら、甚内も急に食べたくなってきた。

甚内は酒も人並みに嗜《たしな》むが、甘い物にも目がない口だ。

稲葉屋は土産の団子も売るが、通りに張りだした軒庇の下に縁台をおき、その場で来店の客にも団子と茶を出して食べさせる。

縁台と表通りのあいだは軒庇にかけ渡した葦簾《よしず》で仕切ってあるから、縁台に腰をかけて串団子を頰ばっていても、往来からは見えないようになっているので女客にも評判がいい。

甚内は腰の大刀を抜いてから縁台に腰をおろすと、持ち帰りの土産用の串団子を三人前と、ほかに串団子を一皿頼んだ。

このあいだまで、じとじとと小やみなく降りつづいていたのが嘘のような晴天である。

葦簾越しに往来する人を眺め、ひさしぶりに甚内はゆったりとくつろいだ気分にひたっていた。

やっとの思いで念願の道場もひらくことができたし、磐根藩の肝煎りもあって門弟も五十人近くにふえた。それに月ぎめの出稽古料も入るようになったから、道場経営もらくになった。

そのうち内弟子もすこしは置くようにするか……。

このぶんなら寺子屋からの収入に頼らなくても、これから先、親子五人が食うに困ることはあるまい。

小女が盆に三串の三色団子と茶をのせて運んできた。

一串に三つずつ刺してある赤、白、緑の三色の団子が目に鮮やかだった。

稲葉屋の自慢は、この赤い団子である。

緑色の団子は蓬《よもぎ》をまぜて搗《つ》いたものだが、赤い団子は噂によると紅梅の花弁を塩漬けにしたものを搗きまぜてあるのだという。

ほんとうかどうかはわからないが、口に入れるとほんのり花の香りがしないでもない。塩味と甘みがほどよくまざりあっていてなかなかうまい。

うまいものを食っていると人間はそれだけで幸せな気分になる。

甚内は団子の甘さをゆっくりと嚙みしめた。

二

八年前、藩の扶持をみずから捨て、佐登とふたりで手に手をとって江戸に出てきたころとくらべればまさに雲泥のちがいだな……。

甚内はしみじみとそう思う。

江戸に居をかまえ、なんとか寺子屋で食いつないできたものの、佐登が三人目の子を身籠もったと聞いたときは目の前が真っ暗になった。

ふたりの子を育てるだけでも手いっぱいのところに、もうひとり赤子がふえたら首がまわらなくなると悩んだが、佐登が夜業《よなべ》をしてでも育てるからと言い張って蔵太を産んだ。

しかも、佐登が外出先で陣痛に襲われ、運よく通りかかった神谷平蔵に助けられたのが縁で友情を育むことができ、平蔵の親友の矢部伝八郎とも知り合うことができた。

小網町の道場を開くことができたのも、平蔵や伝八郎がいたからこそである。

わしは、またとない、よい友を得た。

良友は生涯の宝ともいう。それも浪人したからこそである。藩にいたころも何人かは友人がいたが、藩を捨てた途端に疎遠になってしまった。

甚内は脱藩した身だから、それも当然のこととはいえ、男としては腹を割って語りあえる友がいないのは侘《わび》しい。

このまま佐登とふたり、江戸で朽ち果てるしかないと覚悟していたところに思いがけず、ふたりも親友ができた。

世の中もまんざら捨てたものではないな……。

そんな感懐にひたっているうち、ふと里歌の一句を思いうかべた。


鮎《あゆ》は瀬につく鳥は木にとまる　人は情けの下に住む

だれが詠《よ》んだ歌か知らないが、ひとのこころの妙をとらえた歌である。

ほのぼのとした気分で二串目の団子に手をのばしかけた甚内の目が、ふいに凍りついた。

「……清水弦之助！」

葦簾の前をゆっくりと通りすぎてゆく侍の横顔を、井手甚内はまばたきもせずに見送った。

この八年、いや佐登との婚約が破談になったときから数えると十年になる。

その間、夢寐《むび》にも忘れたことはなかった男だ。

そして、おそらくは清水弦之助のほうも井手甚内のことを決して忘れてはいないだろう。

きゃつ、いつ江戸に……。

身なりから見て浪人しているわけではないことはたしかだ。

普段着の着流しだが、絹の上物を身につけ、月代《さかやき》も青々と剃りあげている。

しかし、清水家はたしか家名断絶になったはずだ。

と、すれば……。

江戸の藩邸詰めになっていたころの伝《つて》を頼って他家に仕官したのだろう。

清水弦之助は新陰流の免許取りで剣の腕もなかなかのものだが、算用にも長けているし、弁舌も達者な男だ。この泰平の世では剣の腕よりも、算用や弁舌に長けているほうが仕官するには有利である。しかも、あの気楽な身なりからすると他藩の江戸屋敷詰めか、もしくは大身旗本の家臣のいずれかだろう。

あの男が江戸にいるとなると、いずれは顔をあわせることを覚悟しておかなければならない。会えば無事ではすまないだろう。

清水弦之助という男の執念深さは、嫌というほど知っている。

——厄介なことになった……。

ついさっきまでの、くつろいだ気分は水泡のように消えてしまっていた。

むろん、甚内も剣客として逃げるつもりはないが、できれば顔をあわせずにすませたかった。

独り身のときならともかく、いまの甚内には佐登という妻もいる。三人の可愛い子もいる。

——この身に万一のことがあれば、佐登や三人の子はどうなるのだ。いや、それればかりではない。清水弦之助は佐登の命までも奪いかねない男だ。

串団子を手にしたまま、甚内は太い溜息をついた。

「不躾《ぶしつけ》ながら、井手甚内どのとお見受けしたが……」

「うむ……」

だしぬけに声をかけられ、甚内はとっさに身構えた。

「なに、そうあらたまられては困る」

気さくに笑みをうかべ、甚内のかたわらに腰をおろしたのは、龍紋裏に三つ紋つきの黒羽織、着流しに雪駄という、一見してそれとわかる八丁堀同心だった。

「それがしは北町奉行所の斧田晋吾と申す者だが、ちとわけあって、あの男に目をつけておるところでしてな」

パタパタと扇子をせわしなく使いながら、彼方に歩き去ってゆく清水弦之助の後ろ姿をひょいと目でしゃくってみせた。

「…………」

とっさにはどういうことか呑みこみかねて、甚内は無言のまま斧田という同心を見かえした。

「ま、ま、そうむつかしい顔をされずと、団子を食べられたがよい。わしもここの串団子は好物でしてな」

斧田は通りかかった小女を気軽に扇子で招き寄せると、

「おれにもひとつ持ってきてくんねぇか」

がらりと巻き舌に一変して団子を頼んだ。

「茶はうんと渋いのがいいぜ。できりゃ狭山茶がいいな」

好き勝手なことを注文しておいて、斧田は視線を甚内にもどした。

「ちょいと小耳にはさんだところによると、そこもとは清水弦之助とおなじご家中だったそうですな」

「さよう……」

「ならば、壺井左門という男もご存じですな」

「……いかにも」

さり気なく答えたつもりだが、甚内のからだに緊張が走った。

「清水と、壺井がなにか……」

そこへ小女が串団子と茶をはこんできた。

「おお、これよ、これ……」

斧田同心は顔を笑みくずし、早速、団子に手をのばした。

「そこもとは浪人なされたそうだが、荻原重秀という名を耳にされたことがござるかな」

「勘定奉行をなされている荻原さまのことでござるか」

「さよう、さよう、いかにも、その荻原どのだが……」

斧田はかすかに口元に皮肉な笑みをただよわせてうなずいた。

「おそらくご存じあるまいと思うが、清水弦之助と壺井左門の両名は、いまは、その荻原重秀の家中でござる」

それは……。

ますます厄介なことになりそうだ、と甚内は思わず眉をひそめた。

清水弦之助だけならともかく、壺井左門がつれだってとなると、さすがの甚内も手にあまるだろう。清水の新陰流もなかなかのものだが、壺井の田宮流は藩内でも敵なしという評判だった。

気性に粗暴なところがあり、藩士とのあいだでもしばしばいさかいを起こし顰蹙《ひんしゅく》を買っていたが、どういうわけか清水弦之助とはウマがあうらしく、よく飲み歩いていた。

ところが、十年前、御前試合でわざと相手を怒らせ木刀試合にもちこみ、一撃のもとに打ち殺してしまったことから殿の不興を買い、家禄没収のうえ領外追放という厳しい処分がくだった。

剣士の試合で打ちどころが悪く、相手が死亡するということはないでもないが、おそらく日頃の行状が加味されての処分だったにちがいない。

清水家が家名断絶になったのは、その二年後である。

なぜ清水弦之助と、壺井左門の二人がそろって荻原重秀の家人になったのかはわからないが、二人の絆《きずな》は相当に強いものがあるのだろう。

――これは二人を相手にすることになりかねぬ……。

甚内は身にひしひしと危機が迫りつつあることを感じずにはいられなかった。

それにしてもこの同心が、なぜ清水と壺井の二人を探っているのか、また、どうして甚内のことを嗅ぎつけたのか、そこのところがわからなかった。

「あの清水弦之助という男、美乃吉という櫓下《やぐらした》の芸者あがりの情婦《いろおんな》がおりましてな」

しばらく黙って渋茶をすすっていた斧田が目をすくいあげ、左の小指を立てるとニヤリとした。

「この女、どういうわけか、そこもとを熱心に探しまわっておるのだが……」

「女が、それがしを……」

「これが、ちょいと渋皮のむけた、いい女だが……まさか、そこもと、むかし、この女となにかあったというわけでは……」

「いや……」

心外なと言わんばかりに甚内はきっぱりと首をふった。

「ふふふ、いや、そうムキになられるな。ただ、念のためにお伺いしてみただけのことでござるよ」

目を笑わせておいて斧田はひたと甚内を見すえた。

「美乃吉がそこもとを探しておるのは、おそらく清水弦之助が裏で糸をひいておるからだと思われる」

「……………」

「そうなると、そこもとと清水弦之助とのあいだに何かあると思わざるをえん」

「……………」

「井手どの。そのあたりのこと、ぜひにも、お聞かせ願おうか」

斧田の双眸が一変して鋭くなった。

甚内の顔に苦渋の色が走った。

三

甚内は夕食をすませると、佐登が蔵太を寝かせつけているあいだに台所に立って明日の朝炊く米を洗いはじめた。

佐登はすっかり風邪の気がぬけたらしく昼には食欲ももどって、粥ではなく飯を二膳も食したという。

そればかりか湯屋にも行って髪まで洗ってきたと聞いて甚内は眉をひそめた。もし湯冷めして風邪をぶりかえしたらどうすると咎めたが、佐登は自分のからだは自分でわかりますと笑った。

湯あがりの佐登は肌の色艶もよく、声にもいつもの張りがもどっていた。

母親が元気になると子供たちもうれしいのか、久乃や逸平の顔にも明るさがもどってきた。

甚内もつとめて明るくふるまおうとしたが、清水弦之助のことが鉛のように胸の底に重くよどんで食欲もすすまなかった。

久乃と逸平は夕食のあとの楽しみにとっておいた土産の串団子をまたたくまに食べおわると、それぞれの箱膳から茶碗と箸を運んできて洗いはじめた。

まだ五つの逸平は茶碗を洗う手つきもおぼつかないから、つい手を出したくなるが、それでは躾にならないと佐登は厳しいことをいう。

ふたりは洗い物をおえ、甚内と佐登におやすみなさいをいうと競争で着替えをすませ、隣室の布団に飛びこんでいった。

逸平は大人顔負けの大鼾《おおいびき》をかく。それがうるさいといって久乃がピシャリと弟をひっぱたく音がしていたが、間もなくその久乃も寝ついたらしい。

五つ（八時）を告げる時の鐘が聞こえてきたときである。

「おまえさま……」

と佐登が呼びかけた。

「うむ……」

米を研《と》ぐ手をやすめてふり向くと、佐登が寝間着のまま、上がり框《かまち》にしゃがみこんでいた。

「どうした。そんな格好で起きてきては、また風邪がぶりかえすぞ」

「そのご心配はいりませぬ。夜もちゃんとご飯を二膳もいただきましたし、串団子もおいしくいただきましたゆえ、もう大事ございませぬ」

「そうか、そういえば顔色も昨日よりもずんとよくなったようだの」

「それよりも、おまえさま……なにか、わたくしに隠しごとをしておられますな」

「…………」

「今日帰宅なされたときから、お顔の色が冴えないのが気になっておりました」

「そんなことはない。……つまらんことを気にせずに早くやすめ」

そう言うと甚内はまた佐登に背を向けて米を研ぎはじめた。

「でも、いつもは夕餉は二膳ちゃんと召しあがるところを、一膳しか召しあがりませんでしたよ」

「それは……稲葉屋に寄ったついでに串団子を食ってきたからだろう。団子は腹にもたれるからな」

われながら下手ないいわけだと思ったが、もともと甚内は不器用なたちで、とっさにうまい嘘がつけない。そのかわり米を研ぐ手が急にせわしなくなった。

「おまえさま……」

とうとう佐登は土間におりてくると、横からすくいあげるように甚内の顔をのぞきこんだ。

「あまり、わたくしにはおっしゃりたくないことなのですね」

「…………」

「なにがあったのです。隠さずにおっしゃってくださいまし……」

「……わかった」

甚内はかすかに溜息をついてうなずいた。洗いおえた米を笊《ざる》にあけると佐登を見つめ、隣室の襖のほうを目でしゃくった。

「久乃と逸平は、もう寝ついておるか」

「子たちに聞かせたくないことなのですね」

「う、うむ……」

生返事をかえすと甚内は濡れた手を腰に吊した手ぬぐいで拭き、流しの上においた燭台の火を消した。

「じつはな、今日、きゃつを……見たのだ」

「きゃつ、と申されますと……」

「……清水弦之助だ」

甚内はできるだけ平静に告げたつもりだが、

「…………！」

一瞬、佐登の顔から血の気がひいた。

「あの男に……会われたのですか」

「顔をあわせたわけではない。稲葉屋の縁台に腰をかけていたとき、葦簾の前を通りすぎていく清水を見ただけでな。気づかれてはおらぬ」

「そうですか……」

佐登は抑揚のない声でつぶやいた。

「もう忘れかけておりましたのに……」

心なしか青ざめて見える佐登の肩を手でかきいだくようにして茶の間にあがった甚内は、片膝をついて、すやすやと寝いっている蔵太の枕元の置き行灯《あんどん》の蓋をあけ灯芯を切った。

ふいに薄闇にひたされた室内に、夜空の明かりが戸障子を透してほのかにさしこんできた。

向かいあった佐登の顔が薄明のなかで青白く見えた。

「清水はな。どうやら、わしを探しまわっておるらしい」

「……どうするつもりなのでしょう」

「めあてはひとつしかあるまい」

甚内はゆっくりとうなずいた。

「わしと斬り合うつもりだろうよ」

佐登はおおきく息を引いてから、押しだすように問いかけた。

「……それで、おまえさまは」

「むろん逃げ隠れするつもりはない。……やつにはやつの言い分もあろうが、わしは、あの男に微塵も後ろめたいことをしたとは思っておらぬ。逃げなければならぬような弱みなどない」

「もとより非は藩重役の立場をかさに着て、無法を押し通そうとした清水家のほうにございます」

「むろん、そうだが、清水に言わせれば、非はわしにあると申すだろう」

「それにしても、もう八年も昔のことでございますよ。それを、いまになって、まだ根にもつなど……」

「そういう男なのだ。清水という男は……」

甚内は深ぶかと吐息をつくと、腕組みをし、凝《じ》っと佐登を見つめた。

「いま、わが家にはどれほどの蓄《たくわ》えがある」

「蓄え、ですか……」

だしぬけの質問に佐登は戸惑い気味に、

「およそ三十七、八両ほどは……」

と言いさして問いかえした。

「なぜ、そのようなことを……」

「いや、それだけあれば、なんとか一年ぐらいは、そなたたちが食うにことかくようなことはあるまいと思ったまでだ」

「おまえさま。……いったい、なにを考えておいでです」

「よいか、佐登……」

甚内はまっすぐに佐登を見つめた。

「しばらくのあいだ子供たちをつれて、江戸の外に出ていてくれぬか」

「え……」

「そう長いことではない。せいぜい、ひと月か、ふた月のことだ」

佐登はしばらく息をつめて甚内を見つめていたが、やがて顎をゆっくりと引いて深ぶかとうなずいた。

「そのあいだに……清水弦之助と、斬り合うおつもりなのですね」

「そうするしかあるまい」

「おまえさまなら、たとえ斬り合ったところで、清水弦之助ごときに負けるはずはありませぬ。だったら、なにもわたしが子供たちをつれてまで江戸を出ることはありますまい」

「いや、清水ひとりが相手なら、わしもむざむざ引けをとるとは思わんが、どうやら、きゃつには壺井左門が加勢についておるらしいのだ」

「壺井左門、が……」

息をつめた佐登の顔色がみるみる一変した。

「どうして、また、壺井左門が、清水と……」

「あの二人はな、藩にいたころから妙にウマがあっておったのだ。おそらく先に江戸に出ていたのは壺井のほうだと思うが、この江戸のどこかで再会したのだろう。……いまは、ともに勘定奉行の荻原重秀どのの家臣になっておるらしい」

「荻原さまといえば、巷《ちまた》では飛ぶ鳥も落とすと噂されている……」

「ま、悪評もおなじくらい高いがな」

甚内が苦笑いしたとき、蔵太がうう一んと声をあげて寝返りを打った。

四

甚内は北町同心の斧田晋吾から耳にしたことを佐登にあますことなく伝えた。

「清水弦之助も並の剣士ではないが、壺井左門は藩でも田宮流の遣い手として聞こえた剣客だ」

「存じております。粗暴のふるまいが多く、殿さまより藩外追放を命じられた男ではありませぬか」

「粗暴というより凶暴といったほうが早い男だが、居合いの名手としても知られている。相手が清水ひとりならともかく、かの男まで敵にまわすとなると万一ということも覚悟せねばなるまい」

「そんな……」

佐登は懸命な眼ざしになって膝を押しつめてきた。

「なにも、清水のような男を相手に、まともに斬り合いなどなさることはございますまい」

「…………」

「むこうがおまえさまを探しているのなら、子供たちをつれていっしょに江戸を離れましょう。上方にでも行けば、また生計《たつき》を立てる途《みち》もございましょう」

「……それは、できぬ」

「なぜ、でございます。つまらぬ意地など、お捨てなさいませ。藩士のときならともかく、いまは……」

「扶持を離れたとはいえ、わしも武士のはしくれだ。おろかと思うだろうが、命をかけても立てねばならぬ意地もある」

「…………」

「それにな、佐登。きゃつは、われらが上方に向かったと知れば上方までも追ってくるだろう。清水はそういう男だ。……いっそのこと、ここで決着をつけたほうがすっきりする」

「………」

「それに清水弦之助の憎悪はわしばかりでなく、そなたにも向けられていると思わねばなるまい」

「その覚悟ならとうにできておりまする。かりにも夫婦のちぎりは二世と申すではありませぬか。おまえさまが命のやりとりをなさろうというのに、わたくしだけ逃げのびようとは思いませぬ」

「佐登。……わしばかりか、そなたまでも万一のことがあれば三人の子はどうなる。久乃も、逸平も、蔵太も、まだまだ幼い。父を失い、母まで失っては生きていくことさえおぼつかないだろう」

「………」

佐登はなにかにすがるように目を宙に泳がせた。

「このこと、思いきって神谷さまや、矢部さまに打ち明けて、ご相談するわけにはいきませぬか。……きっとお力になってくださると思いますが」

「むろん、わしもそれを考えないではなかった。が、これはあくまでも、わしの私事《しじ》だ。それも神谷どのや矢部どのと知り合う前の古傷だ。いかに親しい仲といえども、巻きこむのはなんとしても心苦しい」

「…………」

佐登はひたと甚内の双眸を見つめたまま、すがるように手をのばしてきた。

「おまえさま……」

語尾がかすれ、ふるえていた。

「佐登……」

甚内は佐登の手をとって、ひしと抱きよせた。

佐登は腕を甚内のうなじに巻きつけ、頬をすりよせてきた。

「わかりました。もう、なにも申しませぬ……」

佐登のからだがおののいていた。寝間着をとおして佐登の肌のぬくもりがつたわってきた。そのぬくもりに甘い乳の匂いがした。

ふいに愛しさが胸をつきあげ、甚内は両手で佐登の頬をはさみつけた。

その頬が火のように熱かった。双眸をとじた佐登の瞼《まぶた》が、睫《まつ》毛《げ》がかすかにふるえている。薄く紅をさした唇も、不安を隠しきれないようにおののいていた。

――おれのような男とめぐりあったばかりに……。

佐登に平穏な暮らしを捨てさせ、明日の糧もおぼつかない浪人暮らしを強いることになってしまったのだ。この八年のあいだ佐登は、乏しい家計をやりくりしながらも暗い顔ひとつ見せたことはなかった。

――おれには過ぎた妻だ……。

この佐登を不幸にすることは断じてできないと甚内は思った。

「わしは……」

死なぬ……、と言いかけた言葉をぐっと呑みこんで甚内は妻を抱きしめた。すがりついてくる佐登のはずむような躰をせわしなくまさぐった。佐登は蔵太を産んでから、すこし肥えたようだった。

もともと北国の生まれだけに佐登の肌は上質の絹のようになめらかだったが、それに女盛りの脂がみっしりと乗って掌に吸いついてくる。

甚内は佐登のほかに女を知らない。知りたいとも思わなかった。

二人で手に手をとりあって国境の峠を越えた山中で野宿をしたとき、はじめて佐登を抱いた。

そのころ甚内は、すでに三十に近かった。十三のときから剣一筋に生きてきた甚内は仲間から花街に誘われても見向きもしなかった。

むろん若者としての女体への渇望はあった。ときおり突きあげるような荒々しい欲情に身をもてあましたこともあった。

その衝動を剣の修行にふりかえて切磋《せっさ》琢磨《たくま》してきたのだ。

梟《ふくろう》の声が聞こえるなかで夜露に濡れた草を褥《しとね》にして佐登を抱きしめたとき、甚内は女体をどうあつかっていいのかもわからなかった。

無我夢中で佐登のからだをまさぐり、秘奥の狭間を探りあてたとき、甚内は激しい罪の意識に苛まれた。

——こ、このような浅ましいことをしてよいものか……。

そんな甚内をいたわるように佐登はためらいがちに女体をひらいて迎えいれてくれた。そのころ佐登は二十一になっていたが、まだ嫁入り前の生娘だった。

はじめての交媾《まぐわ》いはきわめてぎこちないものだったが、男と女というものは自然に結ばれるものである。

ようやく佐登の胎内に没入したとき、甚内は女体というものがこれほどに柔らかく、これほどしなやかなものかと感動した。

そのときのことが甚内の脳裏に鮮やかによみがえった。

「佐登……」

甚内は無骨な手で佐登の肌をまさぐった。

「おまえさま……」

佐登が切なげにささやき、

「蔵太が……蔵太が、目をさましまする」

ためらいがちに首をひねって、かたわらに寝ている蔵太のほうを見た。

蔵太は大の字になってのびのびと眠っている。

それを見て安堵したのか、佐登はにわかに大胆になった。

夜目にも白い二の腕を甚内のうなじに巻きつけると、息遣いも荒く、火のように熱い頰をすりよせてきた。

「佐登……」

厚く豊かな肉置《ししお》きにつつまれた佐登の腰をかきいだくと、佐登は思うさまからだをひらき、太やかな腿を甚内の腰にからみつけてきた。

「お、おまえさま……」

甚内は腰を深ぶかと沈めると、蔵太の眠りをさまさぬよう気遣いつつ、静かに律動をきざみはじめた。

佐登は声がもれそうになるのを懸命にこらえた。

ほのじろい夜の明かりが、夫婦《めおと》のひそやかで切ない営みを見守るかのようにやさしく静かに照らしだしていた。

かたわらで蔵太の安らかな寝息が聞こえていた。

「……佐登」

「あ、あっ……お、おまえさま」

第六章　一蓮托生《いちれんたくしょう》

一

梅雨明けは寝冷えをして風邪をひいたり、腹をくだしたりすることが多い。

その日も、平蔵の診療所には朝っぱらから患者の絶え間がなかった。

だいたいは熱があるだの、下痢をしただのという軽症の患者だったが、それでもいちおうは診察し、投薬をしなければならないからけっこう忙しい。

四つ半（十一時）ごろになってようやく患者の足がとまったので、そろそろ昼飯の支度にかかろうかと思っていたときである。

お品の息子の佐吉が今朝から熱を出して寝ているから往診をしてほしい、と井筒屋から使いの者がやってきた。

井筒屋の奉公人の顔はおおよそ知っているが、使いにきたのは、まだ三十前の手代風の色白の優男《やさおとこ》だった。

佐吉の病状は熱だけかと訊くと、咳がひどくて、どうやら腹も痛いらしい。

「腹くだしはしていないか」

いそいで往診の支度をしながら、使いの者に尋ねた。

瀉《しゃ》（水便）に血がまじっていれば赤痢を疑わなければいけないからだ。

「いえ、そんなようすはございません。お品さんは梅雨明けは食中《あた》りが出やすいというので、火を通した物しか佐吉っちゃんには食べさせていません」

お品さんだの、佐吉っちゃんだのと奉公人らしからぬ口をきく。

「失礼だが、あんた、井筒屋さんのひとかね」

不審に思って問いただすと男はあわてて首をふった。

「い、いえ。……申しおくれました。わたくし、通町二丁目で小間物問屋を営んでおります堺屋の倅《せがれ》で、新之助《しんのすけ》と申します」

「ほう……」

通町二丁目の堺屋といえば間口六間（十一メートル）もある小間物問屋で、瓦版の長者番付でも前頭の上位に名をつらねる大店《おおだな》である。

「じゃ、堺屋の若旦那か」

「い、いいえ。わたしは次男坊で外まわりをしておりますが、さっき、井筒屋さんから頼まれた品を届けにまいりましたら、どうも佐吉っちゃんのようすが、その、ふつうじゃないので、手遅れにならないうちにと飛んでまいりましたんで……」

新之助は気ぜわしい口調で一気にまくしたてた。

「ふつうじゃないとは、どういうことだね」

「は、はい……」

手ぬぐいで首の汗をせわしげに拭いていた新之助は、ふいに口ごもり、しどろもどろになった。

「それが、その……じつは、佐吉っちゃんの顔や、首筋に……赤いブツブツが出ておりますので、はい」

「なに⁉」

途端に平蔵の顔が険しくなった。

「おい。そりゃ麻疹《はしか》じゃないのか」

「は、はい。わ、わたしも、もしや、そうではないか、と……」

「なにが、もしやだ！　なぜ、それを早く言わん」

「申しわけございません」

平蔵の一喝を食らって新之助はちぢみあがった。

「ただ、佐吉っちゃんが麻疹にかかったことがご近所に知れましたら、井筒屋さんの商いにもさしさわると思いまして、はい」

「ばかな！　いくら隠したところで佐吉が麻疹にかかったことはすぐに知れる。それより麻疹がほかにひろがらないように手をつくすことが先決だろう。あんたにはそれくらいの分別もないのか」

「は、はい！」

新之助は真っ青になってふるえあがった。

麻疹は幼児に多く、疱瘡《ほうそう》とともに子供の死亡率がもっとも高い病いで、これという特効薬はなく、ひたすら運だのみ、神だのみするしかない難病だった。

二

井筒屋についてみると、店は商いを休んで大戸がおろされていた。

脇のくぐり戸から入り、新之助に案内されて中廊下を通り、内厠の前の渡り廊下に面した離れに向かった。

奉公人たちは平蔵たちを見ると会釈するだけで、すぐに逃げるように姿を消してしまう。

もう、だれもが佐吉が麻疹だということを知って、わが身にふりかかるのを怖がっているのだろう。

麻疹は一度かかると二度とかからないが、大人になってからかかると症状は一層重くなる厄介な病いだから、怖がる奉公人たちの気持ちもわからなくはない。

佐吉の寝床は屛風で仕切られたなかにあった。

部屋の隅にちょこんと座っていた十五、六の小女がぺこんと頭をさげた。

お品は佐吉の枕元に座り、佐吉の手をにぎりしめていた。

お品の父親の治平《じへい》がおろおろ顔で立ってきた。

「せ、せんせい。佐吉は井筒屋の一粒種です。なんとかひとつ、おねがいいたします」

佐吉は熱で赤らんだ顔をして昏々と眠っている。

お品はその寝顔を祈るような眼ざしで見つめていた。ほつれ髪が青白い頬にまつわりついているが、かきあげようともしない。

平蔵が入ってきたのを見て、お品はすがりつくような目をした。

「神谷さま……」

平蔵は無言でうなずきかえすと、佐吉の枕元に座った。

まだあどけなさの残っている佐吉の顔には、一目でそれとわかる粒状の発疹が吹きだしている。

「お品さん。……あんた、麻疹をやったことはあるのか」

「ええ。五つのときにやっております」

「だったら、いい。……麻疹は二度はかからんからな」

ついで平蔵は、新之助と部屋の隅の小女をふりむき、

「おまえさんたちは、どうだね」

と尋ねた。

「だいじょうぶです。わたしは八つのときにすませました」

「わたしも子供のころに厄落としをすませております」

「よし、いいだろう。麻疹は看病だけが頼りだ。三人交替で佐吉の面倒をみてやってくれ」

「神谷さま。なにか妙薬はないのでしょうか……」

お品が思いつめたような目になった。

「ない。……熱があまり高くなるようだと濡れた手ぬぐいで頭を冷やしてやったほうがいいが、発疹が出きらぬうちに冷やしすぎると麻疹の毒が体内にこもって長引くことになる。下手をすると命取りにもなりかねん」

「では、わたしは何をしてやれば……」

「麻疹という病いはな、汗や下痢が体内の水分をどんどん奪ってしまう。湯冷ましを用意しておいて、せっせと飲ませることだ」

「……………」

「できれば湯冷ましに砂糖をすこし溶いて飲ませてやるといい。飯はうけつけなくとも砂糖ならうけつけるから滋養のおぎないになる」

「は、はい」

「麻疹の峠は七日から十日だが、それまでに容態が急変しなければ、まず大丈夫だ。あまり心配をしすぎんことだな。看病するほうが倒れちゃなにもならんからな」

「……………」

「お品さん。……赤ん坊のうちの麻疹は怖いが、佐吉はもう十歳だ。麻疹に負けないだけの体力はきっとある。それに一度麻疹にかかれば二度とかからずにすむ。

むしろ、大人になる前でよかったと思うことだな」

お品は唇をふるわせながらも、しっかりとうなずいた。

それは、まぎれもない母親の目だった。

「わかっているだろうが、奉公人のなかで麻疹にかかったことがない者がいたら気をつけることだ。この部屋に近づけないようにするのはむろんだが、佐吉が口をつけた茶碗や箸は熱湯に浸し、乾いた布巾で拭く。……それに佐吉が身につけたものも洗う前にたっぷり熱湯をかける」

「は、はい」

「この四、五日がヤマになるだろう。つらいだろうが、目を離さないことだ。容態が変わったら、夜中でもかまわん。いつでも呼んでくれ」

「ありがとうございます」

「それと佐吉の麻疹を隠しだてしないで、井筒屋のなかだけで麻疹を止めてしまうことが大事だぞ。もし新石町一帯に麻疹がひろがったら、井筒屋は客の恨みを買って立ち行かなくなるだろう。佐吉の麻疹がきれいになおるまで店をしめて商いを休むことだな」

「はい。わたくしも、そのつもりでおりました」

「なに、せいぜいが十日か二十日の辛抱だ。佐吉はきっとよくなる。そう信じて介抱することだ」

そう言って腰をあげかけた平蔵は労《いたわ》るようにお品を見つめた。

「おれが麻疹にかかったとき、母はもうこの世にいなかった。嫂《あによめ》が夜っぴて介抱してくれたが、あのときほど母が恋しいと思ったことはなかったな」

「神谷さま……」

「病いにかかった子供の一番の名医は母親だよ」

「…………」

「えらそうなことを言ったが、医者のくせになにもしてやれん。すまぬ」

「そんな……」

三

長屋に帰ってみると留守のあいだに伝八郎が来ていた。

「なんだ、なんだ。いま売り出し中の瓢簞《ひょうたん》先生が患者をほったらかしにして、どこをほっついてたんだ」

出かける前に昼飯の菜にと思って膳の上に出しておいた蕪《かぶ》の漬物をちゃっかりとパクついている。

あいかわらず食い物には目の早い男だ。

「なにをぬかしやがる。いま往診にいってきたところだ」

「ほう、で、がっぽり往診代を稼いできたか」

「いい加減にしろよ。がっぽりとはなんだ。人聞きの悪いことを言うな」

「ほっ、えらく機嫌が悪いの。さては思ったより儲からなんだらしいな」

「おい！　喧嘩を売りにきたのか」

「わかった、わかった。そう怖い顔をするなって……」

けろりとした顔でニヤニヤしている。

伝八郎が相手では、まともに怒るほうがばかを見る。

「それより、きさまのほうこそ道場をほったらかしにして、のこのこ出歩いてちゃいかんだろうが」

「なに、今日はひさしぶりに圭之介《けいのすけ》が顔を出してくれたから、代稽古をまかせてきた。心配はいらん。なにせ、いまじゃおれも三本に一本はとられるほど腕をあげておるからな」

「圭之介が、道場に……」

檜山《ひやま》圭之介は平蔵がもっとも目をかけている高弟である。

先日、兄から新井白石の身辺警護をまかせられる適任者はいないかと言われ、檜山圭之介を推挙したばかりだ。

当座は御小人目付《おこびとめつけ》ということになっているが、無事に役目を果たしおえたら、しかるべきお役につけるという兄の一札が取ってある。

檜山家は代々先手組をつとめている。

圭之介は跡継ぎではなく三男坊で、いずれは他家に養子に出るしかない身だから喜んで引きうけてくれたはずだが、

「まさか、圭之介のやつ、用心棒が嫌になったんじゃないだろうな」

「いや、今日は爺さんからちゃんと許しをもらってきたと言っておったな」

「おい、爺さんはないだろう。白石先生はかりにも公儀の政治顧問だぞ」

「そんなものぁ今だけのことだ。ひとなんてのは年をとりゃ男は爺ぃ、女は婆ぁになるもんと相場はきまっとる」

伝八郎にしちゃ悟ったふうな能書きをたれた。

「それより、きさまも爺さんのお守りに一役買っとるんだろうが」

「ああ、白石先生が外出なさるときが一番危ないというんで、屋敷から使いの者がきたら駆けつける手筈になっている」

「まいったな……」

伝八郎がボリボリと頭をかいて溜息をついた。

「どうした。なにかあったのか」

「きさまと圭之介の二枚が欠けたうえに、井手さんまで妻子をつれて湯治に出かけちまったときたもんだ。……おれひとりに道場のお守りをおっつけられたら、こりゃ、きついぞ」

「おい、待て！　その井手さんが妻子づれで湯治とはどういうことだ」

「どうもこうもない。おれにもさっぱりわからんのだ。ほら、ありゃたしか五日前だったと思うが、佐登どのが風邪気味だというので、井手さんが早めに帰宅したことは話したろう」

「ああ、それは聞いたが……」

「あれから井手さんが一度も道場に来んので、佐登どのの具合がよほど悪いのかと案じての。一昨日、岩瀬《いわせ》を見舞いかたがた、明石町にようすを見にやったのよ」

岩瀬というのは明石町とは目と鼻の築地に住まいがある通いの弟子である。ところが道場の帰りに岩瀬が明石町を訪ねてみると、家も寺子屋も戸締まりがしてあってだれもいなかったらしい。

不審に思った岩瀬が家主を訪ねたところ、甚内は三日前から妻子をつれて草津に湯治に出かけたということだった。

「そんなばかな。井手さんが、おれたちにだんまりで江戸を離れるなど……」

「神谷も、おかしいと思うか……」

「おかしいにきまってるじゃないか。かりにも井手さんは道場主だぞ。それが師範代のきさまに断りもなく、おまけに佐登どのや子供たちまでつれて湯治に行くなど考えられん」

「う、ううん。……そうは言っても、げんに井手さんは草津に湯治に行ってくると、わざわざ家主に断って出かけたそうだぞ」

「ほう、家主にねぇ……」

「おまけに井手さんは半年分先の家賃まで前払いしていったというからな。まさか、まるきりでたらめとは思えんがの」

「そりゃ、ますますもっておかしいな」

「どこが、おかしいんだ。……留守中の家賃をきちんと前払いしていくあたり、いかにも井手さんらしいじゃないか、ええ？」

「それじゃ、なにか。井手さんは道場をほっぽらかして半年も湯治に出かけたというのかね。……しかもだ。家主にはちゃんと断りを入れておきながら、われわれにはだんまりで草津の湯につかりにいったというのか」

「お、おい。おれに嚙みついたってはじまらんだろうが」

「すまん。つい気がたったもんでな」

「ふうむ。言われてみりゃ、なるほど、ちくと引っかかるの……」

「どうも胸さわぎがする。これからふたりで明石町に行ってみよう。又聞きでは頼りないからな」

「いいのか、おい」

「なにがだ……」

「ほら、もし留守のあいだに爺さんの屋敷から使いがきたら、用心棒のほうはどうするんだ」

「やむをえんさ。そのときはそのときだ。こういうときのために圭之介を張りつけてあるんだからな。あいつがついてりゃ、まず心配はいらんよ」

四

「わたくしも、寝耳に水のことでおどろきました」

井手甚内の家主である米穀商の佐倉屋も、あまりにも唐突な井手一家の湯治に面食らっていたらしい。

平蔵と伝八郎が訪ねていくなり、待ちかまえていたようにしゃべりはじめた。

「だいたいが湯治などというものは大店のご隠居か、長患いしたあとの保養に行くものと相場がきまっております。井手さまのようなご壮健な方が妻子をつれての湯治など聞いたこともございませぬ」

佐倉屋はふたりに茶を出すのも忘れてまくしたてた。

「こう申してはなんですが、わたくしなどもこの年になるまで湯治どころか、お伊勢参りにも出かけたことはございません。まして女房をつれて遊山《ゆさん》の旅に出るなど、考えたこともございませんよ」

ほうっておけば佐倉屋の話はどこまで脇道にそれるかわかったもんじゃない。

平蔵はエヘンとひとつ咳払いをしてから、井手一家の話にもどした。

「話の腰をおるようだが、井手さんはなんのために湯治に行くと申しておったのかな」

「はいはい、それがなんと、これまで江戸に出てきてから奥さまにさんざん苦労をかけすぎた。すこしは蓄えもできたゆえ、のんびりらくをさせてやりたいのだと、こうおっしゃいました」

「ほう、佐登どののためにな……」

「はい。なんとまぁ、日頃から奥さま思いのお方だと感心しておりましたが、これには心底たまげました」

「ふうむ……」

平蔵、思わず苦笑いした。

甚内が妻思いの男だということには異論はないが、いくらなんでもすこし話ができすぎている。

いかにも家主向けの苦しまぎれの口上だなと思わざるをえない。

だとすると、ますます甚内の行動には裏があるにちがいないと確信した。

「佐登どのは風邪で数日寝こんでいたらしいが、よくなったのかな」

「ええ、もう、すっかりよくなられたようで、血色もよろしゅうございましたよ」

「ははぁ、すると病後の保養というわけでもなさそうだな」

「それはもう……」

言いさして佐倉屋は急に気になってきたのか、ふいに声音を落とした。

「あの、もしや井手さまのお身の上になにかございましたので……」

「いやいや、なにもない」

平蔵は苦笑しながら片手をふってみせた。

「ただ、われわれにだんまりで湯治に行ったというのが、ちくと気になってな。佐登どのが風邪でもこじらせたのかと心配になったまでのことだ」

「それはそれは……」

ホッと安堵の色をうかべかけた佐倉屋の顔が、ふっとまた曇った。

「それにしても、ちと妙でございますな」

「うむ……」

「いえ、あの律義《りちぎ》な井手さまが、おふたりに黙って湯治に行かれたとは存じませんでした」

と、首をかしげた。

「なに、井手さんのことだ。おおかたむこうから飛脚でも頼んで文を寄越すつもりだろうて……な、神谷」

伝八郎のあっけらかんとした口調に、佐倉屋も愁眉をひらいたようすだったが、平蔵の疑念は一向に晴れなかった。

「すまんが、井手どのの家のなかを、ちくとのぞかせてもらってもかまわんか」

「どうぞどうぞ、ご遠慮なく……お留守のあいだも家に風を通しませんと根太《ねだ》も腐りますし、壁や畳にも黴《かび》がはえますんで、昼のあいだは戸障子をあけはなってございます」

五

佐倉屋のいうとおり、甚内の家はきれいに掃除をしてあったし、家具や食器のたぐいも、いつ帰ってきてもいいようにそのままにしてあった。

「ふうん。なかなかちゃんとしたもんじゃないか。……造作はいささかくたびれておるが、そこここにひとの住まいのぬくもりというものがある。さすがは佐登どのだ。日頃の心掛けの賜物だの」

伝八郎はそこここを見回したあげくに、住まいのぬくもりなどと、らしからぬ感慨をもらした。

「おれも妻を娶《めと》るなら、佐登どののようなおなごでのうてはいかんな。うん」

いきなりどたんと音を立てると畳のうえに大の字になって、緑におおわれた生け垣に目をやった。

「ええのう、井手さんは……佐登どののような見目うるわしく、心根のやさしい妻をもち、子宝にもめぐまれ、こんな落ち着いた暮らしを営んでおる。……それにくらべりゃ、おれなどは」

「いい加減にしろ。ひとというものはな、表向きおだやかに見える暮らしの裏側でいろんな悩みをかかえておるもんだ。げんに井手さんは、こんなのどかな暮らしをほっぽりだしてでも江戸を離れなきゃならんわけがあったんだ」

「おいおい、それじゃまるで井手さんが夜逃げしたように聞こえるじゃないか」

「これが夜逃げじゃなくて、なんだ」

平蔵は古ぼけた箪笥のうえに置いてあるちいさな仏壇を指さした。

「見ろ。仏壇のなかから位牌《いはい》がなくなっておる」

「なにぃ、位牌が……」

伝八郎、むっくりと起きあがり、

「どういうことだ。位牌泥棒なんて聞いたことがないぞ」

すっとんきょうな声をあげた。

「あたりまえだ。ひとの位牌など盗むやつがいるか。井手さんか佐登さんが大事にもっていったんだろうよ」

「おい、湯治に位牌をもっていったというのか」

「ばか。まだ湯治などという絵空事を信じているのか。湯治というのは家主への建て前にすぎん。……どうやら井手さんは何かわけがあって身を隠したのさ。それも、よほど切迫した事情があってのことにちがいないな」

「じゃ、なにか……井手さんの身に危機が迫っているとでもいうのか」

「ああ、子細はわからんが、先祖の位牌をもっていったのは、井手さんたちが、万が一、この家にもどれなくなったときのことを考えてのことだろうよ」

「おい！　もどれなくなったらって、いったい……」

伝八郎が目をひんむいたとき、戸口の土間に人影がさした。

三つ紋つきの黒羽織に絽《ろ》の着流し、帯には大小の腰の物を落とし差しにし、朱房の十手を手にしている。一目でそれとわかる八丁堀同心だった。

戸口には配下の岡っ引きらしい男がたたずんでいる。

「神谷平蔵どのに、矢部伝八郎どのですな」

どうやら、この八丁堀はこっちの素性を知っているらしい。

「いかにも、神谷平蔵だが……」

「てまえ、斧田晋吾と申す北町奉行配下の定町廻り同心でござる」

斧田は十手で肩をぴしゃぴしゃとたたきながら、にやっとした。

「どうやら、おてまえがたは井手甚内どのを探しておられるとお見うけしたが」

斧田はくるっと羽織の裾をまくると、気軽に上がり框《かまち》に腰をかけた。

「その分では、井手さんの行く先をご存じらしいな」

「ま、これはよけいなお節介かも知れぬが、千住の宿場に雁金屋《かりがねや》と申す旅籠《はたご》がござる。そこを訪ねられたがよかろう」

「千住の、雁金屋……」

「おかしいじゃないか」

伝八郎が目を怒らせて吠えた。

「凶状もちじゃあるまいし、なんで井手さんがそんな場末の宿場にこそこそと身を隠さなきゃならんのだ！　どうも、貴公のいうことはまともには信じかねるぞ」

「伝八郎……」

平蔵はいきりたつ伝八郎を目でたしなめて、斧田を見すえた。

「斧田どのとやら、これにはなにやら、剣友のわれらも知らずにいた曰《いわ》く因縁がありそうですな」

「さよう……」

斧田は平蔵を一瞥《いちべつ》すると、

「井手どのは、敵《かたき》もちの身でござるよ」

「な、なんじゃと……」

一瞬、平蔵も、伝八郎も言葉を失い、顔を見合わせて絶句した。

「ま、子細は井手どのから訊かれたがよろしかろう」

斧田は突きはなすように言い放った。

六

石町《こくちょう》の時の鐘が七つを打ちはじめたが、雲ひとつない初夏の西日は汗ばむほど暑かった。

その西日をまともにうけて日本橋を渡りつつ、伝八郎は重い声をもらした。

「まさか井手さんが敵もちの身だったとはのう……」

「ひとはいろんな荷物をしょって生きておるもんだ。別におどろかんな」

「なんにせよ、このまま見過ごしにはできんだろう」

「むろんだ。井手さんが敵もちだろうが、凶状もちだろうが、おれはとことん片棒をかつぐつもりだ。きさまはどうなんだ」

平蔵は底光りのする目で伝八郎をしゃくりあげた。

「きまっとろうが。われら三人はどこまでも一心同体、一蓮托生よ」

間髪をいれず、伝八郎は勇ましく吠えたてた。

「たとえ相手が百万の大軍たりとも、われ行かんだ！」

ときならぬ伝八郎の蛮声に日本橋を行き交うひとびとがビクッと身をすくめ、

ふたりをかえりみた。

「ふふふ、百万の大軍ときたか。きさまはどこまでいっても張飛《ちょうひ》だな」

「なんだ。その、ちょうなんとかというのは……」

「きさま、三国志を読んだことがないのか」

「ないない、本などという七面倒くさいものは性にあわん」

「しょうがないやつだな。いまさら四書五経を学べとは言わんが、三国志演義や太平記ぐらいは読んでおかんと門弟たちから軽んじられるぞ」

「なに、むつかしいことは井手さんか神谷に聞けと言ってやるまでよ」

伝八郎にかかっちゃ馬耳東風、蛙の面にしょんべんだとあきらめた。

「張飛というのはだな、いささか思慮分別にかける嫌いはあるが、百万の敵もその名を聞いただけで恐れをなしたと伝えられる中国古代の豪傑だよ」

「ほほ、ほっ！　うれしいことを言ってくれるじゃないか。思慮分別にかけるというのは、ちくと気にいらんが、豪傑というのはおおいに気にいった」

伝八郎は背筋をぴんと張り、おおきくうなずいた。

「ところで、そのちょうひさんとはどう書くんだ。ん？」

「ま、張り飛ばすとでも覚えておくんだな」

「張り飛ばす、か。ますます気にいったぞ」

ひとりで悦にいっている。なんとも愛すべき友ではある。

「ともあれ、いまから千住まで足をのばすには、ちと遅すぎるから、明朝早立ちするとしよう」

「よし！　じゃ道場で待っとるぞ」

威勢よく歩きだしかけた伝八郎の足が、ひょいと止まった。

「どうだ、神谷。……旅立ちの前祝いに、ちくと一杯やっていかんか」

千住に行くのに旅立ちもないもんだと思ったが、このところ伝八郎とはひさしく盃を酌みかわしていない。

誘いをかける伝八郎の気持ちもわからないではないが、医者として佐吉の容態も気にかかる。そのことを告げると伝八郎は、

「おお、そりゃいかん。井筒屋の内儀といえばきさまのコレもんだろう。その愛し子が麻疹となりゃ、気になって当然だ。早くいってやれ」

コレもんはよけいだが、お品と平蔵のいきさつを知っているだけに伝八郎も呑み込みは早かった。

日本橋を渡りきったところで左右に別れて道を急いだ。

本銀町《ほんしろがねちょう》の橋を渡り、新石町に向かいかけたとき、平蔵はふと足をとめた。

四ツ辻にちいさな稲荷神社がある。

そのささやかな境内でひとりの男が、一心不乱にお百度を踏んでいた。

堺屋の次男坊だという新之助だった。

なぜ、新之助がお百度参りをしているのかは聞くまでもない。

平蔵はしばらくのあいだ朱塗りの色もはげかけた鳥居の前にたたずみ、新之助のお百度参りを見つめていた。

この男……。

新之助は視線をすこし落としながら脇目もふらずお百度参りをつづけている。

薄闇がただよいはじめた境内に新之助の踏む草履の音だけがひたひたひたと聞こえていた。

「……新之助さん、といったな」

平蔵が静かに声をかけるとびっくりしたように足をとめた。

「せんせい……」

「佐吉の具合はどうだね」

「はい。いまはぐっすりと眠っております」

「そうか、いまは眠るのがなによりの薬だ」

「お稲《いね》という女中が佐吉っちゃんについていてくれますんで、お品さんもしばらく横になるように申しました」

「それがいい。肝心の母親が介抱疲れで寝込んだりしちゃなにもならんからな」

平蔵は腰に吊していた印籠から丸薬を十数粒とりだして懐紙につつみ、新之助にさしだした。

「これを一日に一粒飲むと疲れがとれる。お品さんに渡してやってくれ」

「は、はい」

「あんたも飲むんだぞ。それにお稲とかいうおなごにも飲ませてやってくれ。厄払いのお札より、ずんと効能がある。いいな」

「あの、せんせいはお見えになりませんので……」

「せっかく眠っているのを起こすこともなかろう。それに情けない話だが、麻疹は往診したところで医者のすることはなにもない。麻疹は日数が勝負の病いだ。看病だけが頼りだよ」

「わかりました」

「おれは明朝、ちょっと遠出するゆえ、すまんが顔は出せぬ。そう、お品さんに伝えておいてくれぬか」

「かしこまりました」

「あんたが、そうやって佐吉のためにお百度参りをしている気持ちは、きっと天に通じるよ」

そう言うと平蔵はくるっと背を向けた。

第七章　先手必勝

一

千住宿は日本橋から二里八町（約八・七キロ）、草加宿までおなじく二里八町、かつては江戸郊外の寒村だったが、文禄三年に荒川に千住大橋がかけられ、人馬の継立地《つぎたてち》に定められてから宿場町として賑わいはじめた。

そして寛永二年、日光東照宮大造営にともない日光街道の初宿に指定され、東国大名が参勤交代の往環路の本陣、脇本陣として宿泊するようになってからは奥州、上総につながる街道の要衝の地になった。

青物をあつかう「やっちゃ場」には穀物問屋や鮒、鰻などの川魚の問屋も軒をつらね、その繁栄ぶりは大千住千二百軒といわれる町並みをひっきりなしに往来する旅人の数を見ればわかる。

街道沿いには本陣、脇本陣のほかにも大小さまざまな旅籠《はたご》がひしめきあい、その旅籠と旅籠のあいだにはおびただしい数の腰かけ茶屋が、見目よい茶汲み女をそろえ、往環の旅人を引きとめようと黄色い声をはりあげている。

井手甚内が滞在している雁金屋は千住上宿にあった。間口十五間（約二十七メートル）、千住でも上の部類に入る旅籠である。

雁金屋に投宿してから、甚内は毎日判をついたように早朝と夕刻に荒川の上流にある堰《せき》に足を運ぶ。

堰は近隣の田に水を取りいれるためのもので、高さは半間あまりしかなく、余分な水は堰を越えて流れるようになっていた。

堰を越える流水はゆるやかで、鮎《あゆ》や鮠《はや》などの川魚が銀鱗をきらめかせ、つぎつぎに堰を越える。その魚を狙う翡翠《かわせみ》がいる。空には燕が餌をもとめて飛びかい、川で生まれた蜻蛉《とんぼ》が虫を狙って飛びかう。

翡翠や、燕や、蜻蛉の俊敏さにはおどろくべきものがある。

甚内は堰の近くにたたずみ、石像のように身じろぎもしないで待ちつづけ、かれらの俊敏な動きに呼吸をあわせる。

かれらの動きにぴたりと呼吸があいさえすれば、刀を抜かなくとも斬り捨てたのとおなじことだった。

無外流でいう「水月」の秘伝を、甚内は翡翠や燕や蜻蛉で試しているのだ。

水月とは、水面に浮かぶ月を、漣《さざなみ》ひとつ立てずに斬る無心の境地を極意とするものである。

恩師辻月丹《つじげつたん》は無外流の皆伝にあたり、「勝負は鞘のなかにあると知れ」と甚内に伝えた。

清水弦之助との戦いは、壺井左門との戦いをも意味する。

壺井左門が得手とする居合いの技に備えるには、鞘のなかで勝たなければならない。その工夫のための堰通いであった。

翡翠や燕がせわしなく獲物をもとめて飛びまわるのは早朝か夕刻が多い。

この日も甚内は明け六つに宿を出て堰にやってきた。

陽が昇りはじめるころ、翡翠や燕はそれぞれの獲物を狙って川面を掠《かす》め飛ぶ。

燕の飛翔は俊敏ではあるが、その動きを目にとめることはそれほどむつかしいことではない。

燕は空中で静止することはなく、一度飛びたてば巣にもどるまで休みなく飛翔しつづける。その飛翔は変幻自在で迅速だが、翡翠よりは動きがおおきく見極めやすい鳥だった。

翡翠の飛翔は一瞬のまばたきの間にある。

堰の石の上に静止しているかと思うと、矢のように水面に突っ込み、瞬時に魚を捕らえる。また空中で羽ばたきながら停止し、いきなり角度を変えて水面に突っこんで魚をついばむ。その静から動にうつる一瞬を見極めるのは、まさに至難の業だった。

また蜻蛉という虫も、草木の先端に止まって羽をやすめているときは捕らえやすいが、空中で羽ばたきながら静止しつつ、一転して動にうつる瞬間を見極めるのはむつかしい生き物だった。

甚内は石像のように佇立《ちょりつ》し、それぞれの生き物の動きを無心のうちに捉《とら》えることに専念しつづけた。

そして、かれらの変幻自在な動きは、獲物を目で捉えた瞬間、ためらいなく襲撃にうつる機敏さにあることがわかってきた。

かれらが獲物とする川魚や虫も生き物である。獲物はかれらに襲われないよう常に警戒しながら移動している。それを襲うには獲物が移動の合間に見せる一瞬の間隙を素早く捉えるしかないのだ。

それにしても……。

これまで甚内は一度たりとも、翡翠が獲物を捕らえそこなう場面を見たことがなかった。

そのことに甚内は素朴に感動していた。

あの、三寸あまりの小鳥のどこにあのような鋭く研ぎ澄まされた感性が秘められているのか……。

いまや甚内は剣の工夫など忘れて、翡翠というちいさな鳥にたまらない愛しさを感じはじめていた。

そもそもが無心の境地をもとめるのに工夫などありはしないのだ。

朝のしじまに身をゆだね、堰を流れ落ちるせせらぎの音に耳をかたむけていたときである。

ふいに、かすかな女の悲鳴が聞こえてきた。声はかすかだが、切迫した響きが伝わってくる。堰の取り入れ口から一町（約百メートル）ほど離れたところに雑木山があり、用水路に沿って水車小屋があった。

悲鳴は水車小屋のなかから聞こえている。

甚内は葦の茂みをかきわけ土手に駆けあがると水田の畦道を走り、水車小屋に向かった。

直径六間はありそうな巨大な水車がのんびりと用水路の水をすくいあげては水田の溝に吐きだしている。

小屋は倉庫にも使われているらしく二階建てになっていた。一間《けん》間口の戸はしめられていて、内部から糸を引くような女の悲鳴がもれてきた。

なかのようすはわからないが、ためらっている暇はなかった。

刀の鯉口《こいぐち》を切り、戸を一気に蹴破った。

薄暗い小屋の土間に白くうごめくものが見えた。野良着の裾をまくりあげられた女の白く太やかな腿と豊かな臀《しり》だった。

女は二人の浪人者におさえつけられている。もがく女の両腕を一人が力ずくでおさえつけ、もう一人が女にのしかかり、股倉に割りこもうとしている。

女は白い臀をむきだしにしたまま懸命に凌辱《りょうじょく》から逃れようとしていた。

着流しの裾をまくりあげた浪人は褌《ふんどし》をはずした毛むくじゃらの臀をむきだしにして、野獣のごとく女体にのしかかっていたが、戸口の甚内をふりむきざま凶悪な顔で威嚇《いかく》した。

「邪魔するな！　おとなしくしてりゃ、あとで抱かせてやる……」

その声のおわらぬうちに甚内は大刀を鞘ごと抜いて、鉄の鐺《こじり》を浪人の面上にたたきつけた。甚内の差し料は無銘だが、肉厚の剛刀で、鐺も頑丈にできている。

「ぎゃっ！」

浪人が鐺の一撃でもろくも額を割られ土間にころがった。

「野郎！」

女の腕をおさえこんでいた相棒の浪人が脇に投げだしてあった大刀に手をのばしかけた瞬間、甚内は無造作に浪人の手首を鉄の鐺で一撃した。並の剣士の一撃ではない。無外流免許皆伝の剣客がしたたかに打ちすえた一撃である。ぐしゃっと骨が砕ける鈍い音がした。

「うっ！」

浪人の躰が海老のように撥《は》ねた。土間にころがり手首をかかえこんでのたうちまわった。

「ひいっ！」

女は腰から下が丸だしの、あられもない格好で土間を這いずりつつ、夢中で甚内の足にしがみついてきた。

その一瞬、甚内は背筋に鋭い戦慄を感じた。

甚内は足にすがりついている女を蹴りつけるなり、身を沈めざま刀の鯉口を切ると、抜きはなった刃を下からまわすようにすくいあげた。

刃が骨まで存分に断ち斬った重い手応えがあった。

「ぎゃっ!」

甚内に蹴飛ばされた女の口から絶叫がほとばしった。噴出した血しぶきが降りかかり、女を真っ赤に染めた。

ふりかえると大刀をふりかざした屈強な浪人が戸口をふさいで仁王立ちになっていた。喉笛に一筋の赤い線がななめに走っている。噴血がごぼごぼと音を立て、とめどなくあふれていた。

双眸をカッと見開いていた浪人の首が、やがてごろりと土間に転がり落ち、頭部を失った躰が棒倒しに土間にくずれ落ちた。

甚内はようやく残心のかまえをときながら、たったいま、ふりむきざま無心に遣った太刀筋の感触をたしかめた。

その太刀筋に、秘太刀「水月」に通じるものがあったからである。

刃の血糊を懐紙で静かにぬぐいながら、甚内は女に声をかけた。

「そなた、ひとりで歩けるか」

「は、はい」

女はふいに甚内に見られていることに気づいたのか、あわてて野良着の前をかきあわせた。

むきだしになった太腿も腰まわりも女らしい実りを見せていたが、顔つきはまだ十五、六そこそこの小娘のようだった。

「役人を呼びにいく前に身づくろいするがよい」

「は、はい！」

娘は急いで背中を向け、野良着の紐を結びはじめた。

甚内が土間に転がったまま、苦痛にうめいている二人の不逞《ふてい》浪人の手首を刀の下げ緒で縛りあげた。

そのとき、ふいに戸口にぬっと人影がさし、野放図な声がした。

「なんだ、井手さん、こんなところにいたのか……」

伝八郎が土間を見回し、呆れ顔になった。

「ん？　いったい、どうなってんだ、こりゃ……」

すっとんきょうな蛮声を張りあげると、伝八郎は後ろをふりかえり、手をおおきくふって怒鳴った。

「おおい、神谷！　ここだ、ここだ。井手さんはここにおる！」

二

三人の不逞浪人は十日前、日光街道沿いの酒問屋に押しいり、五百数十両の金を強奪した五人組の残党だとわかった。

この一味は酒問屋の家族をはじめ奉公人たちを皆殺しにした。二日前に草加宿の旅籠に投宿していたが、旅籠の主人の密告により八州廻りの捕り方に旅籠の周囲をかこまれてしまった。

一味のうち二人は捕らえられたが、残った三人は刀刃をふるって暴れまわり、ついには囲みを破って逃走した。

なかでも甚内が斬り捨てた頭株の浪人は一刀流の免許取りで、これまでも数えきれないほどの人を殺害してきた凶悪な浪人だったという。

しかも甚内に助けられた娘は、秋には嫁入りがきまっていたところだったというので、双方の両親も婿になる若者も、このご恩は決して忘れませぬと泣いて喜んでくれた。

平蔵たちがそろって甚内の投宿先の雁金屋にひきあげてからも、宿場役人や町年寄が挨拶に訪れ、甚内はその応対に追われっぱなしだった。

三人がようやく落ち着くことができたのは夕刻近い七つ半ごろだった。

ともかくも風呂で汗を流し、部屋にもどってみると、雁金屋の主人がとくべつに差し入れてくれたという結構な酒肴の膳が用意されていた。

「おお、鹿肉の味噌漬けに山女魚《やまめ》の塩焼きとは馳走だな。われらは井手さんのお相伴にあずかるというところか。いや、結構、おおいに結構」

たちまち伝八郎は相好をくずし、盃に手をのばしかけたが、

「おい、伝八郎。おれたちは千住まで酒を飲みにきたわけじゃないだろうが」

平蔵に釘をさされ、いそいで手をひっこめた。

「おお、そうじゃった。酒よりも話が先だ。な、神谷」

「いや、すまぬ」

井手甚内は深ぶかと頭をさげた。

「余儀ない事情がござってな。佐登や子供たちに危難がおよばぬよう急いで江戸を離れ、とりあえず佐登と子供たちは、草加の先の大百姓にあずけてきたのだ。いや、心配をかけてなんとも申しわけない」

「その余儀ない事情というのは、清水弦之助という男から敵《かたき》と狙われている、そういうことだろう」

「……どうしてそれを」

「北町の斧田という同心から聞いたのさ。……ただ、くわしいことは知らん。貴公からじかに訊けということだった」

「そうか、あの同心から……」

「水臭いじゃないか、井手さん。それならそれで、なぜ、おれたちに話してくれなかったんだ。われわれ三人の仲はそんな薄っぺらなものだったのか」

「そうだ、水臭い！　おおいに水臭いぞ、井手さん」

伝八郎は相槌を打ちながら、我慢しきれなくなったように盃に手をのばした。

「酒の水臭いのはなんとか飲めるが、友情の水割りはいただけん。な、神谷」

「それはちがうぞ」

甚内は押しだすような声でうめいた。

「わしにとって神谷くんと矢部くんはかけがえのない友だからこそ、巻き添えにしたくなかったんだ。わかってくれんか」

「それが水臭いといってるんだよ、井手さん。巻き添え、おおいに結構じゃない

か。あんたが敵もちの身だろうがなんだろうが、おれたちの親友であることにな
んら変わりはない」
「神谷くん……」
「いいか、井手さん……」
平蔵はぐいと膳を脇におしやり、膝を押しつめた。
「おれは駿河台の兄から、その清水弦之助と相棒の壺井左門の両名を斬り捨て御
免にしていいという許しをもらっておるんだ」
「斬り捨て御免とは、またどういう……」
思いもかけぬ平蔵の言に甚内は目を瞠《みは》った。
荻原重秀をめぐる莫大な収賄の容疑と、それを弾劾しようとしている新井白石
とのいきさつを平蔵から聞かされた井手甚内は、黙って耳をかたむけていたが、
やがて深ぶかとうなずくとやおら居住まいをただした。
「神谷くん。……矢部くんも聞いてくれ」
甚内は沈痛な目になると、胸の底にたまっていた澱《おり》を一気に吐きだすように口
をひらいた。
「清水弦之助にとって、わしは女敵《めがたき》ということになるのだ」

「女敵……」

「そりゃ、また……」

予想だにしなかった甚内の告白であった。

女敵とは妻を奪われた男が、相手の男と裏切った妻をさす言葉である。

いうまでもなく不義密通は天下のご法度《はっと》である。

俗に「間男は重ねておいて四つにする」という。

妻に密通された夫は、間男もろとも妻を斬り捨てる。

ことに武家社会では、妻を寝盗られた武士は「女敵討ち」の名目で相手の男と裏切った妻を討ち果たさなければ武士としての面目が立たなかった。

「じゃ、なにか、佐登どのは清水弦之助の妻だったというのか……」

「いや、婚約はしておったが、清水の妻になっていたわけではない」

甚内はカッと双眸を見ひらいた。

「それに佐登はもともとそれがしの許婚《いいなずけ》だったのだ」

「なにぃ……」

「そりゃ、いったいどういうことだ」

平蔵も、伝八郎も身をのりだした。

甚内はしばらくのあいだ沈黙していたが、ようやく心をきめたらしく、重い口をひらいた。

「わしは八年前まで、斗南藩《となみはん》の郡奉行与力《こおりぶぎょうよりき》として五十石の扶持をいただいておった」

斗南藩は禄高三万二千石の東国の小藩だが、三代将軍家光から松平の名乗りを許された名家である。

井手甚内は十三歳のころから城下の剣道場に通い、師範から非凡な剣才をみとめられていたという。

郡奉行与力だった父の井手弥三郎《やさぶろう》は、甚内が二十三歳のとき、おなじ組長屋に住む碁敵《ごがたき》の村松与市兵衛《むらまつよいちべえ》から娘の佐登と甚内をめあわせたいともちかけられ、一も二もなく快諾した。

与市兵衛とは長年の碁敵で気心も知りつくしていたし、なにより娘の佐登は長屋小町と評判の器量よしでもあり、気立てもよく、またとない嫁だとかねてから目をつけていただけに、渡りに舟の申し入れだったのである。

当の甚内と佐登も幼馴染みでもあり、長屋で祝儀や不祝儀があったときは二人とも手伝いに駆りだされ、おたがい口にこそ出さなかったものの、ひそかに心を通わせあっていた。

　甚内が二十四歳になったとき、武道好みの藩主から江戸で剣の腕を磨けという沙汰がくだり、江戸屋敷詰めになって辻月丹の道場に通うことになった。

　辻月丹のもとでめきめきと腕をあげた甚内は二十六歳のとき、師から免許皆伝を許された。

　ところが、そのころ国元で、思いもよらぬ異変が起ころうとしていた。

　父の上司である郡奉行の清水軍太夫《ぐんだゆう》の倅、弦之助が佐登の器量に目をつけたのである。清水家は禄高八百石、藩主の血筋をひく家柄で、かつては執政の座についた先祖もいる名門だった。

　弦之助は父の軍太夫を動かし、名門をかさにきて村松与市兵衛を脅して佐登と甚内の婚約を破談にさせ、強引に佐登との婚約を成立させた。その後、弦之助は江戸屋敷詰めになった。

　井手弥三郎は激怒したが、生来が気の弱い与市兵衛を責めはしなかった。

　そのかわり上司である軍太夫の不正を藩主に訴え出ることにした。軍太夫が郡奉行の職務を利用し、商人と結託して斗南藩の重要な産物のひとつである漆《うるし》をらである。

「殺し掻き」にして藩外に売りさばき、私腹を肥やしていることを知っていたか
　漆は樹皮を傷つけることによって原料となる樹液を得るのだが、樹皮を傷つけすぎると木が枯れてしまう。これを「殺し掻き」といって、むろんのこと藩ではご法度になっていた。

　翌年、弥三郎はこの一件を藩主に直訴しようとした。その寸前、何者かの闇討ちにあい、絶命したのだ。

　弥三郎の死は事故死として処理されたが、帰国した甚内は父の横死と、佐登との婚約破棄の裏に清水軍太夫がいると確信した。

　さらに一年後――。

　村松与市兵衛は労咳《ろうがい》（肺結核）を患い、病床についていたが、一夜、ひそかに甚内を呼んで佐登との婚約破棄に同意したことを詫びるとともに、井手弥三郎を殺したのは軍太夫の手の者だと確信していると告げた。

　弥三郎とおなじ郡奉行与力だった与市兵衛は「殺し掻き」を指示したのは奉行の軍太夫だと知っていたのだ。

　とはいえ、清水家は藩主の血筋でもあり執政のなかには親類もいる。たとえ直

訴しても確証があるわけではないから、きっと執政の手で握りつぶされるだろう。

また、このままでは佐登は否応なく弦之助に嫁がされることになる。

佐登は一人娘だから、嫁に出せば他家から養子をもらわなければならないが、もはや村松家など断絶してもかまわない。

佐登も清水弦之助に嫁ぐくらいなら自害するとまで思いつめているという。

いっそ、このまま佐登をつれて脱藩してくれぬか、と甚内に頼んだのである。

もはや余命いくばくもないことを覚悟した村松与市兵衛の決断に、甚内は深い感動をおぼえた。

その夜、甚内は佐登をつれて国境の峠を越え、脱藩した。


「なるほど、それで清水弦之助にとっちゃ、井手さんが女敵というわけか……」

「ま、むこうに言わせればそういうことなんだろうな」

「で、その後、佐登どのの父上はどうなったんだ」

「わしが佐登をつれて脱藩した夜、お腹を召されたということじゃ」

そう言って甚内は瞑目した。

「貴公と佐登どのの婚約を破棄したことをよほど悔いておられたのだろうな」

平蔵は沈痛にうなずいたが、ぐいと顔をあげて声をはげました。

「しかしだ。もともと佐登どのは清水弦之助の妻になっていたわけじゃなし、いってみりゃ清水弦之助の自分勝手な逆恨みじゃないか」

「そうだ！　神谷の言うとおりだ」

伝八郎も息まいた。

「そもそもが父親の威光をかさにきて女を横取りしようなどと武士の風上にもおけん。井手さんが相手にするまでもない。おれがたたっ斬ってやる」

「おい、相手はかりにも荻原重秀の家臣だぞ。斬るにはそれなりの理由がいる」

「なに、理由なんぞ、あとから考えりゃいい」

「そうはいかん」

苦笑いした平蔵は、

「それにしても、ひとつわからんことがあるな」

と甚内に問いかけた。

「斗南藩の重臣の倅の弦之助が、なぜ、藩を捨ててまで荻原に随身したんだね」

「うむ。なんでも、わしが脱藩したあと清水軍太夫が商人と結託して私腹を肥やしていたことが明るみに出て、軍太夫は切腹、清水家は断絶になったそうだ」

「なるほど、天網恢々疎《てんもうかいかいそ》にして漏らさずということだな」

伝八郎にしては、らしからぬことをほざいた。

「そうだ。さっき神谷が兄者から斬り捨て御免の許しをもらったといったじゃないか。有無をいわさず斬ってしまえばよかろうが」

「無茶をいうな。いくらなんでも確たる証拠もなしに直参の家来を斬るというわけにはいかんさ」

「ちっ！　まどろっこしいのう。なにごとも先手必勝というではないか。なにかむこうから食いついてくるようなうまい仕掛けはないのかね」

「なるほど、先手必勝か……」

「そうよ。先んずれば人を制すだ。なにか、いい知恵はないのか」

「そうさな……まんざら、ないこともない」

「ん？　なにか、いい手があるのか……」

「ちくと浅草のからくり小屋の見世物じみている気がせんでもないが、存外うまくいくかも知れんな……」

「おい、なにを考えておるんだ。もったいをつけずと早く種明かしをしろよ」

「ふふふ、これにはちょいと工夫がいる。ま、おれにまかせておけ」

「おい。まさか神谷ひとりで抜け駆けしようというんじゃあるまいな」

「じょうだんじゃない。むこうは清水弦之助ひとりじゃないんだぞ。壺井左門とかいう田宮流の手練《てだ》れもいれば、寄せ集めとはいえ腕達者な浪人もかかえておるらしい。おれたち三人のほかに圭之介にもはたらいてもらわねばなるまいよ」

「よしよし、ひさしぶりに腕が鳴るな」

甚内が深ぶかと頭をさげた。

「すまぬ。わしのために……とんだ迷惑をかける」

「井手さん。つまらんことをいうな。これは井手さんのためだけじゃない。井手さんのことがなくても、おれもハナから一枚嚙んでいるんだ」

「そうとも、三人は一蓮托生よ。敵は百万人たりともわれ行かんだ」

伝八郎、よほど百万の敵という台詞《せりふ》が気にいったらしい。

第八章　一石二鳥

一

新井白石は五月に一ツ橋外神田小川町に拝領屋敷を賜《たまわ》って移転した。かつて旗本武井善八郎の屋敷だった跡地で、敷地は約六百三十三坪、飯田町の拝領屋敷が三百五十五坪だったことを思えば倍近く広くなったことになる。

禄高も五百石加増されて、いまは千石取りの大身旗本になった。

白石は家宣の恩情をありがたいと思うものの、内心は忸怩《じくじ》たるものがある。

はたして、わしはそれだけのことをしてきたか……。

この自責の念がつねに胸中を去来するのだ。

今日も白石は下城する塗り駕籠《かご》のなかで自問自答をくりかえしていた。

これまで、さまざまな改革を試みてきたが、いまだ貨幣の全面改鋳にはいたらず、幕府の財政は依然として勘定奉行の荻原重秀が掌握している。

公共事業の発注の裏側では普請奉行と商人のあいだで袖の下が横行し、入札価格も業者のいうままになっていて、材木なども高値で購入されている。

肥え太るのは商人と役人だけで、幕府財政が改善されたとは決していえない。

――お上は名君であらせられるが、なにせ、大奥にはお弱いからの……。

いま、大奥でもっとも権勢をふるっているのは家宣の世子鍋松《なべまつ》（のちの家継《いえつぐ》）の生母左京《さきょう》ノ局《つぼね》である。

家宣は正室とのあいだに女子と男子をもうけたがふたりとも育たず、右近ノ方が宝永四年に家千代を、お須免《すめ》の方が宝永五年に大五郎を、正徳元年に虎吉を出産したもののいずれも早世し、鍋松だけが残ったのである。世子鍋松を産んだ左京ノ局に大奥の権勢があつまるのは当然のことだった。

権勢のあつまるところに商人は群れる。

左京ノ局はもとより、お側《そば》に仕える年寄、奥女中にも商人からの賄賂や贈り物がひっきりなしに届けられるばかりか、代参という名目で外出するときなどは芝居小屋や芝居茶屋に招いて接待につとめる。

男子禁制の女護《にょご》ヶ島である大奥につとめる奥女中たちは男に飢えている。

彼女たちにとってなによりの馳走は山海の珍味でもなく、綺羅《きら》を飾る衣装でもない。女盛りの飢えを満たしてくれる男の愛撫なのだ。

芝居茶屋はそうした女たちが役者買いをするための隠れ蓑でもあった。

役者買いをする女のなかには夫にないしょで浮気を楽しむ商家の女房もいれば、根っから男好きの娘もいるが、こうした女たちの遊びにはおのずと限界がある。

なんといっても芝居茶屋にとって一番の顧客は江戸城の大奥にひしめく年寄や奥女中たちだった。

大奥につとめる女たちは将軍が世継ぎを絶やさぬための側女《そばめ》を補給するところだが、ほとんどの女は将軍の目にとまることもなく女盛りが過ぎていくのをむなしく見送るばかりだった。

大奥の女たちが外出の口実をつくっては役者買いに走るのは、いわば自然のなりゆきでもあったのだ。

左京ノ局の信頼がことのほか厚い年寄の絵島《えじま》は、まだ三十一歳の女盛りの身をもてあまし、山村座の人気役者生島新五郎《いくしましんごろう》にうつつをぬかしてしまった。

一度、火のついた女体の火照りはとめどがない。絵島の臈《ろう》たけた美貌は、女体には馴れているはずの生島新五郎をも夢中にさせた。

逢瀬《おうせ》をかさねるにつれ、ふたりは恋の虜囚《とりこ》となってしまった。

絵島は左京ノ局の代参として足しげく徳川家の菩提寺である寛永寺に参詣し、その帰途、山村座の桟敷で供の奥女中たちと芝居を見物したあと、料理茶屋で生島新五郎との逢瀬を楽しむようになった。

むろん、これらの費用は大奥出入りの御用商人が負担していたが、商人たちはその見返りとして大奥に高額な呉服や化粧品、小間物類をとめどなく売りつける。

それらの費用は莫大なもので、いまや幕府の財政を圧迫するおおきな要因になっていた。

——大奥の女たちの、ほどほどの役者買いは目をつぶってもよい……。

そもそもが大奥という女護ヶ島をつくってしまった幕府にも罪があると白石は思っている。

世の中、そう堅いことばかりいってもはじまらん。

大奥の女中が実家からの仕送りで役者買いをするぐらいのことに目くじらをたてるつもりはない。また、上様の正室や側室が身分にふさわしい衣装や小間物を購入することにも異存はなかった。

まだ女盛りの大奥の年寄や女中たちが息ぬきに外出し、芝居見物をしたり役者買いをするぐらいのことは黙認してもいい。

とはいえ、その息ぬきが羽目をはずしすぎたあげく、何万両、何十万両というツケになってはねかえり、幕府財政をゆるがしはじめている現状を看過するわけにはいかなかった。

白石は何度となく大奥の支出の引き締めを進言してきているのだが、家宣は一粒種の鍋松と、その生母である左京ノ局を溺愛するあまり、そのたびに進言は却下されてしまう。

今日も城中で会った間部詮房が白石とふたりきりになったとき、

「お上は歴代将軍家のなかでもとりわけ英邁《えいまい》なお方であらせられるが、所詮、おなごの黒髪と子の可愛さには勝てぬものらしいの」

ホロ苦い顔で、そうこぼした。

――つまりは大奥には手が出しにくいということだろうな……。

家宣の信任厚い間部詮房をもってしても、大奥という魔宮に大鉈《おおなた》をふるうことはむつかしいらしい。

――やむをえぬ。大奥は無理としても、せめて荻原重秀という妖怪だけは始末したいものじゃ……。

白石はせわしなく扇子を使いながら駕籠の簾窓から外に目をやった。駕籠脇に檜山圭之介の姿が見えた。目付の神谷忠利から身辺警護役にとさしまわされてきた剣客で、平蔵の高弟で剣の腕は折り紙つきらしい。聞くところによると、荻原重秀が白石暗殺の刺客をさしむけてくる恐れがあるということだった。白石は、いくら荻原重秀が血迷ったとしても、まさかそこまで愚かなことはすまいと思っていた。

身辺警護とは大袈裟な、と思わぬでもなかったが、圭之介をつれてきた平蔵は真顔だった。

げんに平蔵の身辺でも血腥《ちなまぐさ》い斬撃があったという。

――狂い者、か……。

白石は学者である。刺客などという物騒なものとはかかわりたくなかった。できれば空騒ぎであってほしいものだと思わずにはいられなかった。

どうやら屋敷についたらしく、駕籠がとまった。

外から駕籠扉があけられ、小者が草履をさしだした。

迎えに出た近習が、四半刻前から神谷平蔵がふたりの武士をともなって白石の帰りを待っていると告げた。

「ほう。平蔵が来たか」

謹厳な白石の顔が、ふっと笑みくずれた。

二

数多い弟子のなかで、神谷平蔵はけっして出来のいいほうではない。武士としても異端児の口だが、妙に可愛げのある弟子だった。

「あやつは若いころから酒に目のない男じゃ。ともあれ酒肴の支度を、な」

式台に迎えに出た用人に申しつけると、せかせかと奥に向かい、麻裃を脱ぎ捨てて絽《ろ》の着流しのままで平蔵を待たせてあるという黒書院に足を運んだ。

中庭に向かって障子をあけはなってある座敷に足を踏みいれると、髪は旅塵にまみれ、うっすらと不精髭がのびかけている平蔵が、左右の伝八郎、甚内とともに畳に両手をついた。

「むさいなりでまかりこし恐縮ですが、ちと千住まで足をのばした帰りゆえ、ご容赦ください」

「身なりなどどうでもよいが、そこの両名は平蔵の仲間かな」

白石は扇子を使いながら、伝八郎と甚内を目でしゃくった。

「は、昨年から小網町で、それがしとともに道場をひらいておりまする剣友にございます」

平蔵にうながされ、白石とは初対面の伝八郎と甚内がそれぞれ挨拶をした。

「おお、井手どのに矢部どのか。剣名はかねがね圭之介から聞いておりますぞ」

「実はまことに勝手ながら、この井手どのをお屋敷にお預かり願いたく、まかりこしました」

「ほほう、なんぞ子細がありそうじゃの」

「いかにも……」

平蔵、ちらっと甚内をかえりみて膝を押しすすめた。

「先日、申しあげました荻原重秀の家臣、清水弦之助なる男は井手どのとは浅からぬ因縁がございまして、いずれは雌雄を決すべき宿敵にございます」

「ははぁ……」

白石はひらいていた扇子をパタリと閉じ、目を笑わせた。

「平蔵。……そちのことじゃ、また面倒なことに首をつっこんだな」

「ご明察のとおり……これが、性分にございますれば」

「ふふふ、ま、よい。その顔ではほかにまだ何か企んでおるようじゃの」

「先生は茗荷谷《みょうがだに》の切支丹《キリシタン》屋敷に収獄されおるシドッチなる伴天連《バテレン》の訊問役をなさっておられますな」

「うむ。それがどうかしたのか……」

「そこで、ひとつ妙案がございまする」

「妙案……」

「はい。さきほど申しましたる清水弦之助なる男が先生のお命を狙うために雇うておる不逞《ふてい》浪人どもを一気に片づける妙案にございます」

「ほう……」

「これは荻原重秀の卑劣なる奸計をくじくとともに、井手どのが長年の因縁を断ち切ることにもなる、いわば一石二鳥の妙案にございまする」

「ふうむ。長屋で診療所をやっておるかと思えば、磐根藩の内紛に巻きこまれ東奔西走し、それがようやく片づいたかと思う間もなく、今度は公儀の政争に駆りだされる。よくよくせわしない星のもとに生まれた男よのぅ」

「恐れいります」

「よいよい、わしとて平蔵とすこしも変わりはせぬ。市井にあって学問に専念しておればよいものを、なまじ政治などという生臭いものに首をつっこんだばかりに物騒な藪蛇をつつき出してしもうたようじゃ」

ホロ苦い目になった白石は扇子の先で平蔵を招きよせた。

「その一石二鳥の妙案とはいかなるものか申してみよ」

「されば……」

平蔵、一段と膝をすすめて白石ににじり寄った。

三

黙って平蔵の話に耳をかたむけていた白石が、やおらうなずいた。

「ふふふ、呆れたやつじゃ。つまりはわしの切支丹屋敷通いを餌にして獲物をおびき寄せようというのだな」

「仰せのとおり、先生を出汁《だし》に使うようで申しわけありませんが、一気にカタをつけるにはこれよりほかにございません。清水弦之助が雇いいれた不逞浪人が先生を襲撃するとすれば、先生が他出なされたときでしょう。いまのところ、先生が他出なされるのはご公儀のご用向きで登城される以外は、茗荷谷の切支丹屋敷に出向かれるときしかございませぬ」

「うむ……」

「ご存じのとおり茗荷谷は坂が多く、草深い百姓地にございます。やつらがこの好機を逃すとは思えませぬ。いささか暴案とは存じますが、なにとぞ曲げてお聞きとどけ願いたいのですが」

「おもしろい。いや、なかなかおもしろい」

「は、では……」

「そちの思うようにやってみるがよい。傍目には突飛と思えるようでなければ人の意表をつくことはできぬ。暴案、結構ではないか。わしも、いつまでも用心棒つきでのうては動けぬというのは窮屈でかなわんからの」

「は、かたじけのう存じまする」


白石は早速、用人を呼んで、屋敷内で空いている長屋を井手甚内に提供するよう手配してくれた。

なにしろ禄高五百石から倍の千石に加増され、前より広い屋敷を賜ったばかりだから屋敷内には無人の長屋がいくつもあった。

用人の配慮もあって甚内は檜山圭之介の隣の長屋に起居することになった。

圭之介も甚内と隣り合わせになると知って大喜びだった。

「先生の身のまわりのお世話はわたしがいたしますゆえ、ご安心ください」

早ばやと箒《ほうき》と雑巾をもってきて掃除にとりかかった。

長屋といっても武士の住まいだけに、平蔵が住んでいる弥左衛門店とはくらべものにならない。

八畳の書斎に六畳間がふたつ、それに台所と四畳半の女中部屋までついている。

おまけに食事は三度三度、母屋から運んでくれるという。

「ええのう！　わしがかわりたいくらいのものじゃ」

入れ替えて間もない青畳にどたんと大の字になった伝八郎は羨望の声をあげたが、甚内はしきりに首をひねっていた。

「どうもわからんな」

「なにがです」

「いや、あんな物騒な計画に先生がよく乗ってくださったものだと思ってな」

「ああ、そのことですか」

平蔵はくすっと笑った。

「先生は見た目は堅物のように見えますが、あれでなかなかの戦略好みでしてね。先生の私塾に通っていたころなどは、三国志の諸葛孔明《しょかつこうめい》と司馬《しば》仲達《ちゅうたつ》との合戦の駆け引きなどを、よく講釈してくださったものですよ」

「ははぁ、死せる孔明、生ける仲達を走らす、というやつだな」

「そう。それですよ、それ……」

「なんだ、その死せるなんとかってのは……」

ふたりの話を小耳にはさんだ伝八郎がむっくり起きあがってきた。

「いいんだよ。きさまは張飛なんだから、作戦より実戦のほうだろうが」

「ちっ。またまた、そうやって、おれをはぐらかす……」

「なんだ。その張飛とは……」

甚内がけげんそうに問いかけた。

「なに、おれが伝八郎につけた仇名ですよ。こいつは百万人といえどもわれ行かんの口ですからね」

「なるほど、それで張飛か。そりゃ矢部くんにはうってつけの仇名だ」

すぐにわかったとみえ、甚内はにんまりと目尻を笑わせた。

「神谷くん。それはそうと、磐根藩邸の出稽古はどうする。なんとかつづけておかんと、あとあとまずかろう」

「ああ。あっちのほうは佐十郎に頼んで、当分のあいだ、昼までの稽古ということにしてもらいましょう。先生が外出されるとすれば下城される八つ半（午後三時）過ぎからだから、昼までの出稽古なら支障をきたすことはないでしょう」

「そうか。となると、あとは例の誘いの仕掛けだけだな」

「そっちはおれと伝八郎にまかせてもらいましょう。いまは下手に井手さんが顔を出しちゃまずい」

あらかた掃除をおえた圭之介をまじえて、四人でこれからの打ち合わせをしていると、上野寛永寺の鐘楼が七つ（午後四時）を打つのが聞こえてきた。

「おい、伝八郎……そろそろ清水弦之助の女だという深川芸者あがりの美乃吉姐《ねえ》さんとやらの顔を拝みに出かけるか」

「いいねぇ。女狐の酌で一杯やるというのも乙なもんだ」

どんなときでも酒が飲めるとなると元気づくのが伝八郎である。舌なめずりすると、勢いよく腰をあげた。

「よし、善は急げだ」

四

北町同心の斧田によると、清水弦之助の情婦美乃吉は海辺大工町に小料理屋を出しているということだった。

海辺大工町は川向こうの深川にあって、いくつかの飛地に分かれているややこしい町である。新大橋の南、万年橋から東の江戸川に向かってまっすぐに掘りぬかれた運河の川沿いにある町並みが海辺大工町だが、そのあいだに旗本屋敷や大名の下屋敷がいくつも割りこんでいるため、町はこまかく分断されている。

ふたりは猪牙舟《ちょきぶね》を頼んで万年橋までいって、そこから川沿いの道をぶらぶら歩きしながら美乃吉の店を探しているうち小腹がすいてきた。

秋元但馬守屋敷の手前に「二八蕎麦《にはちそば》」の床見世《とこみせ》が出ていたので、虫おさえに蕎麦をたぐることにした。

床見世の前には椅子がわりの空き樽が三つおいてある。

「おい、だれもいないのか」

樽に腰をかけながら平蔵が声をかけると、暖簾《のれん》のむこうから豆絞りの手ぬぐいを頭に巻きつけた若い男が鉈豆煙管《なたまめぎせる》をくわえながらひょいと顔を出した。

「へ、すいません。つい暇なもんで一服やってたとこで……」

プッと火皿の煙草を川に向かって吹き飛ばした。

腹ごしらえの蕎麦切りを二人前に冷や酒を頼むと、豆絞りは手早く徳利に酒をついで盃を添えてさしだしたが、

「あ、こりゃどうも……お見それいたしやした」

あわてて豆絞りを取って、ぺこりと頭をさげた。

「なんだ。おまえだったのか……」

豆絞りの男は斧田同心の岡っ引きをしている本所の常吉にくっついている留松という下っ引きだった。

「いつも、ここに見世を出してるのか」

「へへへ、いえ、これも御用の筋でしてね」

ひょいと二十間（三十六メートル）ばかり先を目でしゃくった。

「ほら、あすこの飲み屋、あすこに巣くってる女狐を見張ってますんで……」

薄闇のなかに「川魚料理・深川」の置き行灯《あんどん》が見える。

「おい。ひょっとすると、その女狐ってのは美乃吉のことじゃないのか」

目を瞠《みは》った平蔵に留松はにんまりうなずいた。

「じゃ、やっぱり旦那方も……」

「ま、そういうことだ」

「てぇと、ほんとの目当ては美乃吉よりも清水弦之助のほうでござんしょう」

さすが公儀御用をつとめる下っ引きだけに勘はいい。

「いま、その清水弦之助が壺井左門をつれて店に来てますぜ」

「なんだと……」

平蔵、思わず伝八郎と顔を見あわせた。

「どうする、神谷。いっそのこと二人でたたっ斬っちまうか」

「むちゃを言うな。ごろつき浪人ならともかく、むこうは三千七百石の旗本の家臣だぞ。わけもなく斬ったりしたら、こっちが公儀のお咎めをうけることになる」

「ちっ！　じれったいのう」

「それよりも、一度、やつらの顔を見ておきたいもんだな」

「そうか、やつらを知っておるのは井手さんだけか。こりゃまずいの」

留松が蕎麦切りを湯がきながら、にやりとした。

「ご心配にゃおよびませんや。旦那方が蕎麦切りを召し上がってるうちにやつらは店から出てめぇりやすよ」

「どうしてそんなことがわかるんだ」

「やつらは店のむこうに町駕籠をふたつ待たせてやがるんで、そう長っちりはしねぇはずですよ」

「なるほどそういうことか」

「しかし、ここからじゃ、やつらの面《つら》を見るにゃ、すこし遠すぎやしないか」

「でぇじょうぶでさ。やつらは行きも帰りも、この前を通りやす。この暑さじゃ垂れ茣蓙《ござ》をあげたまんまですから、ばっちり面を拝めまさぁ」

　こともなげに断言すると、留松は湯がきあがった蕎麦切りに醤油をかけまわしてさしだした。

五

　二人が蕎麦切りを肴に冷や酒を飲んでいると、留松がささやきかけてきた。

「どうやら、やつらが出てきたようですぜ」

「うむ……」

ふりかえって見ると、「深川」の置き行灯の淡い火影を背に二本差しらしい人影がふたつ、黒々とうかびあがっている。見送りに出ている矢絣《やがすり》の女が、おそらく美乃吉だろう。

二人が待たせてあった町駕籠に乗りこむと、駕籠は留松がいったとおり川沿いの道を平蔵たちのほうに向かって近づいてきた。

平蔵と伝八郎は樽椅子に腰かけたまま、さり気なく首をひねって背後を通りぬける駕籠の中の侍に目を走らせた。

二八蕎麦の懸け行灯の明かりが侍の顔をはっきりと照らし出した。

遠ざかる駕籠を見送って留松がささやいた。

「前が清水弦之助で、後ろが壺井左門てぇやつですよ」

「……あいつが、壺井左門か」

平蔵がうめくようにつぶやいた。

「神谷。……あの男に見覚えがあるのか」

伝八郎が問いかけた。

「うむ……以前、お濠端で黒鍬《くろくわ》の女を助けた話をしたろう」

「ああ、例のおもんとかいう忍びの女だな」

「あの明くる日だよ。あいつを見たのは……」

平蔵は三河町のおもんの隠れ家を訪れた帰り、三人のごろつき浪人にからまれた話をした。

「そのとき酒屋の軒下の暗がりから一部始終を見ていやがった得体の知れない侍がいたが、それがなんと今の壺井左門だったのよ」

「ふうむ、あいつが井手さんの言っていた田宮流の遣い手というわけか……どんな太刀筋を遣うか見てみたいもんだな」

「ふふふ、いずれは否応なしにやりあうことになるさ。それより、そろそろ深川の観音さまを拝みにいこうじゃないか」

「おお、それよ、それ……」

腰をあげたふたりに留松が笑いかけた。

「旦那方、観音さまの色気に化かされないようにしておくんなさいよ」

「なにをぬかしやがる」

ほろ酔いの頬を川風が心地よくなぶる。

店の入り口には涼しげに打ち水がしてあった。

暖簾をかきわけて店に入ると、入れこみの土間に三人づれの職人風の客がふたりの酌女を相手に飲んでいるだけで、美乃吉らしい女の姿は見えなかった。

ふたりは土間とは別になっている小あがりの座敷にあがった。

武士のための刀架けも置いてある。ふたりは腰の長物を刀架けにかけて、あぐらをかいてくつろいだ。

ふたりいる酌女のうち年増《としま》のほうが職人風の男たちのそばを離れ、座敷にあがってきた。

藍染めの浴衣の裾をさばくと、白い脹《ふく》ら脛《はぎ》がちらっと色っぽくこぼれた。

だいぶ酒がはいっているらしく、目がとろんとうるんでいて襟足までほんのりと色づいている。

すこし目尻に険があるのが難点だが、ぷっくりした受け口に愛嬌があり、まぁまぁ器量よしの部類にはいるだろう。

「ほう、なかなかの別嬪《べっぴん》じゃないか」

伝八郎はこういうところに来ると妙に饒舌《じょうぜつ》になる。

「深川あたりにおいておくのはもったいない器量だの。さしずめ掃き溜めに鶴というところかな」

「あらあら、旦那ったら、お口のうまいこと……その分だと、もう、どこかで飲んでらしたんですね」

「なに、ちょいと友人にめでたいことがあっての。祝宴の帰りにこの男と蕎麦屋でちくと一杯やってきたところだ。肴は見つくろいでいいから、ともかく冷や酒を二、三本頼む」

女は調理場の板前に注文を通し、徳利と盃を手にもどってくると、伝八郎のそばに腰を押しつけんばかりにべたっと横座りに貼りついた。

「ま、めでたいことって婚礼でもあったんですか」

盃をさしながら伝八郎をすくいあげるように見た。

「いやいや、その男は長らく浪人暮らしをしておったのだが、こたび世話するおひとがあってな。めでたく仕官がかなったんで、その祝いというわけよ」

ちらっと平蔵に意味ありげな目くばせを投げた伝八郎、一段と饒舌に油がのってきた。

「いくら井手が無外流の免許取りとはいえ、この泰平の世に仕官できるとは運がいい男よなぁ」

「ああ、それも禄高八十石、駕籠脇の供頭だというんだから、まさしく棚からボタ餅、井手甚内も長年の労苦の甲斐あって富籤《とみくじ》の大吉を引きあてたようなもんだ」

平蔵も巧みに伝八郎に調子をあわせた。

「ま、その方、井手甚内さまとおっしゃるんですか」

「ああ。やつはもともと斗南藩で禄高五十石をいただいておったれっきとした武士だったが、余儀ない事情があっての。惚れあった女と手に手をとりあって脱藩し、江戸に出てきたというぞ」

「ま、羨ましい。惚れあった女と手に手をとりあってだなんて、まるで近松の曽根崎心中《そねざきしんじゆう》みたいじゃありませんか」

「おいおい、心中などと不吉なことをいうな。いまや、井手は公方《くぼう》さまの側近中の側近、新井白石さまのご家中として、妻子ともどもお屋敷の組長屋で仲よう暮らしておる身だぞ」

「あら、すいませんねぇ。根がさつなもんですから、つい口がすべっちまったんですよ」

そのとき平蔵の背後から脂粉の香りが色濃く匂ってきた。

「まぁ、なにやらおめでたいお話のようですわね」

ふりむくと白地に紺の矢絣という涼しげな浴衣姿の美乃吉が、肴を盛りつけた大皿を手にほほえみかけていた。

「さ、鯉の洗いでも召しあがって、いまのお話を聞かせてくださいましな」

「お、これは……」

さすがに櫓下《やぐらした》の羽織芸者で鳴らしただけあって、俗にいう小股のきりりと切れあがった女っぷりだった。

「美乃吉と申します。これをご縁にどうぞごひいきに……」

すっと平蔵のそばに座ると、艶っぽい流し目を投げかけてきた。

「いま、お話しになっていた井手甚内というお方、もしかしたら辻月丹先生の道場で修行なさっていた方じゃございませんか」

「おお、いかにも、われらも辻月丹先生の門弟でな。同門の仲というわけだ」

「まぁ、やっぱり……わたしが芸者に出ていたころ、二、三度、お座敷に呼ばれたおぼえがありましてね。これも、なにかのご縁かしら……」

腰をひねると、そっと浴衣越しに厚い腿をすりよせてきた。

六

半刻あまり美乃吉の酌で飲んで「深川」を出たふたりは、留松の「二八蕎麦」のほうに足を向けた。

「おい。おれの芝居はどうだったね」

伝八郎が川に向かって放尿しながら平蔵を見た。

「おい、まだ美乃吉が見送っておるぞ」

たしなめたが伝八郎、なにを勘違いしたのか、筒を片手にふりかえり、もういっぽうの手を高々と振った。

「おう、また顔を拝みにいくぞ!」

暖簾の前にたたずんでいる美乃吉の顔が行灯の火にほのかに白く見えた。

「ふふっ、あやつ、どうやらおれに気があるらしい」

伝八郎、勢いよく筒のしずくを切りながら目尻をさげた。

「ほう、自信があるなら、せっせと深川通いして口説いてみちゃどうだ。文乃どのを口説き落とすよりは手っ取り早いかも知れんぞ」

「おい、それを言うな、それを……文乃どのと同列に論じるやつがあるか」

「ちっ、虫のいいことをぬかしやがる」
二、三間先の「二八蕎麦」の懸け行灯の陰から留松が声をかけてきた。
「旦那。首尾はどうでやした」

「おお、おまえのいうとおり、ありゃ相当にしたたかなタマだな」

伝八郎をうながして樽椅子に腰をかけながら苦笑いした。

「いま、ちょいと美乃吉に餌をまいてきたところだ」

「餌……」

「例の清水弦之助を誘いだす餌だ」

「へ、おもしろそうでやすね」

「そこで、ひとつ頼まれてほしいんだがね」

「ようがすとも、なんでも言いつけておくんなさい」

「ひとつは斧田さんに清水弦之助と壺井左門はおれたちの手で始末すると伝えてくれないか」

「へっ、ほんとですかい」

「ふふふ、ま、賽《さい》の目が凶と出りゃ、こっちが殺《や》られるだけだがね」

「もうひとつ、今夜か明日にも美乃吉は動くだろう。使いを出すか、自分で出向くかはわからんが、清水弦之助と連絡をつけようとするはずだ」

「女が動くか、清水弦之助が出向いてきたら、おれに知らせてほしいんだがな」

「かしこまりやした。お安いご用でさ。どうせ四六時中、あの女狐の張り番をしてやすんで……」

「へ、へい……」

平蔵、懐から一分銀を二枚つまみだして留松に手渡した。

「旦那。こんなことなすっちゃ……」

「なに、斧田さんにも常吉親分にもないしょだ。小遣いにしてくれ」

「へっ。じゃ遠慮なくちょうだいいたしやす」

「おれの住まいは新石町の弥左衛門店だ。あのへんで瓢箪《ひょうたん》の先生と言ってもらや、すぐにわかるよ」

「ひょうたんの、せんせい……ですかい」

「ふふふ、こいつの表看板は、なんでもありの医者だよ」

伝八郎、くくくっと笑った。


「旦那……」

「女房が産気づいたら担ぎこむんだな。しっかり面倒みてくれるぞ」

「あいにく、あっしにゃ子種をしこむ肝心の嬶《かか》ぁがおりやせんので、へい」

留松は手早く七輪で炙《あぶ》った干《ほ》し烏賊《いか》に醬油をかけまわしたのを皿にのせると、枡酒を添えて出してくれた。

「ま、こんなもんしかありやせんが、一杯やっておくんなさい」

「おお、こいつはなによりだ。な、伝八郎」

「おお、こりゃすまんのう」

降るような星空の下でひっかける冷や酒の味は格別だった。

七

美乃吉は土間の樽椅子に腰をかけ、手酌で飲みながら凝《じ》っと考えこんでいた。

あの、二人づれ……。

たしかに、井手甚内の名を口にした。

八年前、余儀ない事情があって斗南藩を脱藩したと、そう言った。

それに、あの二人は井手甚内と辻月丹の道場で同門だったとも言った。

あのひとが探している井手甚内という侍の行方が、やっとつかめたのだ。

ただし、いまや井手甚内は浪人ではなく、公方さまの側近の新井白石とかいうお偉方の家臣にとりたてられたのだという。

そこのところが、どうにも気になる。浪人ならともかく、そんなお偉方の家臣に手だししたら、ただではすまないだろう。

清水弦之助のことではない。美乃吉は自分に火の粉がふりかかってこやしないかと、それが心配なのだ。

清水弦之助が悪党だということはわかっている。

あいつの道づれになんかされちゃたまんないからね……。

美乃吉にとって清水弦之助は情夫でもあるが、つきつめれば金蔓にしかすぎない男なのだ。

もう、それもそろそろ潮時という気がする。

いつまでも、かかずらってちゃ身の破滅になりかねない。

美乃吉は帯にはさんであった紙入れをとりだしてみた。

さっき清水弦之助がくれた一分銀と二朱銀がたんまり入っている。二階の押し入れの行李のなかにも一分銀と二朱銀が〆て数十枚は入れてある。どれもピカピカに光った新鋳の銀貨だった。

清水弦之助は上方の銀座で新鋳させたものだから、まだ江戸には出回っていないはずだと言った。だから当座は両替屋に持ちこんだり、おおきな支払いに使うんじゃない。目立たないよう小出しに使うことだな、とも言った。

おかしいじゃないか……。贋金《にせがね》じゃあるまいし、どう使おうと勝手じゃないかと思ったが、黙っていた。

なんだか清水弦之助のようすが、いつもとはちがっていた。

いつもは自信たっぷりな弦之助の秀麗な顔が、今夜はなんだか醜悪に見えた。

板場の土間の簀《す》の子《こ》の下には、清水弦之助がつれてきた穴倉職人に造らせた穴倉がある。方二尺、深さ三尺、頑丈な石組みの穴倉だ。

厚さ一寸の石の蓋がしてあって、金具の取手がついているが、女の力ではとてもあけられないほど重い。

火事が多い江戸では大商人のあいだで穴倉を造ることが流行っている。商人にとっては命より大事なお宝を火事から守るためだという。家は焼けても、穴倉のなかのお宝は残るからだろう。

美乃吉は一度も中を見たことがないが、清水はときどきひとりで倉の蓋をあけ

ているから、なかに小判が隠してあるのだろう。いくら隠してあるのかわからな
いが、わざわざ穴倉を造らせたぐらいだから、相当な大金が隠してあるにちがい
ない。
そんな大金をどうしたのかはわからないが、どうせまともな金でないことはた
しかだ。金の出所なんか美乃吉は詮索する気もなかった。
そもそもが美乃吉は銭《ぜに》の出所などどうでもいいことだと思っている。地道には
たらいて稼いだお銭《あし》だろうが、賭場で目が出てつかんだ泡銭《あぶくぜに》だろうが、辻斬りし
て死人の懐中からふんだくった小判だろうが、銭金に変わりはないと思っている。
ただ、後ろに手がまわるような紛《まが》い物の金《かね》だけはまっぴらだった。
まさか、これが贋金ってことはないだろうね……。
美乃吉はピカピカの一分銀をそっと歯にあてて噛んでみた。
別にどうってことはないけど……。
美乃吉はかすかに溜息をついた。
ともかく、いまは井手甚内のことを清水に知らせるしかない。店の女も今夜の
話は聞いている。口止めしたところで、女の口に戸は立てられないと相場はきま
っている。もし黙っていて、清水の耳に入ったら、それこそ殺されかねない。

井手甚内のことを清水に知らせたからって、罪になんかなりゃしないはずだ。だって、わたしは清水弦之助が井手甚内という侍をどうしようとしているのか知らないんだから……。

清水弦之助が井手甚内という侍と斬りあうつもりなら、それはそれでいい。今夜来た二人づれの侍の話によると、井手甚内という侍は無外流の剣客だというから、清水弦之助のほうが斬られてしまうかも知れない。

そしたら、あの穴倉のなかの大金はそっくり美乃吉のものになる。どうころんでも美乃吉が損をすることはなさそうだ……。

できりゃ、井手甚内ってお侍が清水弦之助を斬ってくれたほうがありがたいくらいのもんだ。

なにも迷うことなんかありゃしない……。

そう腹がきまったら、美乃吉は胸がすっきりしてきた。

「ちょいと、だれか酒をもってきておくれな」

「へい。ただいま……」

板場から包丁人の威勢のいい声がかえってきた。

次郎吉という通いの男だが、ちょいといなせないい男である。

ふふふ、清水とうまく手が切れたら、次郎吉を可愛がってやろうかしら……。

八

昨夜、ひさしぶりに弥左衛門店のわが家にもどった平蔵は、伝八郎と飲んだ酒の酔いも手伝ってか、日が高くなるまでぐっすり眠ってしまった。

障子からさしこむ朝日がまぶしくて、やっと目がさめてみると、蚊に食われたらしくあちこちが痒《かゆ》い。

家に入るなり、バタンキュウで寝こんだせいで、蚊いぶしを焚《た》くのを忘れてしまったのだ。

ぼりぼり掻きながら顔を洗いに井戸端に出てみると、洗い物をかかえた長屋の女房たちが井戸端会議に夢中になっているところだった。

「あらまぁ、せんせい、いつ帰ったんです」

「よく迷子にならずに帰ってこれたわね」

「いったい、どこ、ほっつきまわってたんです。どうせ深川あたりで白粉首《おしろいくび》につかまって鼻毛でもぬかれてたんでしょう」

「鼻毛だけならいいけど、尻の毛までぬかれてきたんでしょ。おお、いやだ」

いちいちかまっていたら、なにを言われるかわかったもんじゃない。

さっさと手桶に水を汲んでひきあげることにした。

行水でも使いたいところだが、あいにく盥《たらい》のタガがゆるんでいて水漏れがする。やむをえず褌ひとつになって濡れ手ぬぐいで躰を拭いていたら、隣の女房のおよしが入ってきた。

「あら、せんせい……」

褌ひとつの平蔵を見ておどろくかと思ったら、しげしげと平蔵の躰をなめるように眺めている。

「おい、どうしたね」

「いえね、やっぱりヤットオで鍛えてるだけのことはあるわねぇ。うちのひととは躰の出来がちがうもの」

「こら、おれの躰は見世物じゃないぞ」

いそいで医務衣の上下を身につけていると、およしが妙にもじもじしている。

「なんだ。どこか具合でも悪いのかね」

「え、いいえ。そういうわけじゃないんですけどね。ちょっと……」

「ちょっと、どうしたんだ」

「ほら、どうも、あれらしいんですよ」

「あれ……じゃわからんな」

「もう、にぶいわねぇ。女があれといえばきまってるでしょうが」

「あ……」

ここにいたって平蔵、やっとピンときた。

「ははぁ、これか」

手を下腹にまわして、にやっとした。

「やったじゃないか、およしさん。いや、そいつはめでたい」

「そんな……だって、うちのひとといっしょになって七年ですよ。もうふたりともあきらめてたんですから、ここで糠喜《ぬか》びさせたくありませんからね」

めずらしく、およしはしおらしいところを見せた。

「なに、夫婦になって十年目で子ができたなんてこともある。べつにめずらしいことじゃない。それより兆しがあってどのくらいたつんだ」

およしは黙って指を三本立ててみせた。

「ほう。だったら、いまが一番気をつけなくっちゃならんころだ。源助にもちゃんと話して、しばらくは我慢させることだな」

「あら……いやですよぅ、せんせいったら、はずかしい」

両手で顔を隠すと、腰をくねくねさせた。

いつものおよしとは声からようすまで、まるで別人のようだ。

女は腹に子を宿すと変わるというのはほんとうらしい。

「あたし、母親がいないもんですから、せんせいに何もかもおまかせしますから、よろしくお願いします」

おどろいたことに言葉使いまでしおらしくなった。

二年前、甚内の妻の佐登もここで出産したことを思いだした。あのときは縫がいてくれたから助かったが、今度はそうもいかない。

こりゃ、えらいことになったぞと思ったが、よろず診療所の看板をぶらさげている手前、断るわけにはいかない。

ま、出産は自然の摂理である。なんとかなるだろうと引きうけることにした。

およしが帰って間もなく、留松がやってきた。

「おどろきましたね。新石町の木戸で神谷さまの名を出したら、すぐに教えてくれましたよ。この界隈じゃ一番の名医だって木戸番がいってましたよ」

汗を拭きながら、いぶかしげな目で部屋のなかを見回した。

「へえぇ、それにしちゃ、あんまり儲かっちゃいねぇようですね」

「名医は儲からんもんだ」

「へっ、こりゃどうも……」

「で、女狐はどうしてる。まだ巣ごもりか」

「へへへ、それそれ、今朝、五つ半ごろに美乃吉が番太を呼んで使いに出しやがったんで後をつけたところ、荻原さまの屋敷に行きやがったんでさ」

「お、そいつはどんぴしゃだな」

番太というのは町内の使いっ走りみたいな男である。

「いよいよ動きだしたか」

「へい、番太が帰ってすぐに清水弦之助が出てきて町駕籠をつかまえると、まっつぐに美乃吉のとこに駆けつけましたぜ」

「まんまと餌に食いついたな」

「もう、ぱっくりでさ。いつもとは顔つきまで変わってやしたからね」

「まだ深川にいるのか」

「いいえ、ものの四半刻もしねぇうちに、待たせてあった駕籠で屋敷に舞いもどりやしたぜ」

「よし！　よくやってくれた」

平蔵、一分銀を留松につかませると、

「ついでといっちゃなんだが、ひとっ走り使いを頼まれてくれるか」

「ようがすとも！　本所の親分も神谷さまのご用ならひとつ返事でおうけしろって言ってやしたからね」

「そうか、じゃ、いま文をしたためるから茶でも飲んで待っていてくれ」

留松を待たせておいて平蔵、手早く駿河台の兄と、新井白石の屋敷にいる井手甚内にあてて文を書いて留松に渡した。

留松は糸の切れた凧《たこ》のように素っ飛んでいった。

平蔵はこういうときのために簞笥にしまっておいた真新しい肌着と晒《さら》しを風呂敷につつみ、三つ紋つきの黒の単物に袖をとおすと、火熨斗《ひのし》をかけた仙台平《せんだいひら》の袴をはいた。

決着をつける日は、明日になるだろう。平蔵は新井白石の駕籠脇の供侍として茗荷谷の切支丹屋敷に向かうことになる。

茗荷谷は草深い田舎である。しかも、駕籠脇には清水弦之助の女敵《めがたき》の井手甚内がついている。新井白石の命を奪い、井手甚内を討ち果たすには、またとない好機のはずだ。

やつらはかならず襲ってくる。

味村の探索によると、壺井左門は二十人近い浪人を雇っているという。金で雇われた浪人とはいっても、刺客に雇われたからにはそれなりに腕に覚えのある浪人と見なければならないだろう。

どんな闘いになるかわからないが、命のやりとりに予測はつけられない。万一、乱刃に倒れたとき、見苦しい身なりをさらしたくはなかった。神谷家を出た身とはいえ、剣士として闘うからには武士としての身嗜《みだしな》みを忘れたくなかった。

兄からもらった紋付き羽織に袖をとおし、亡父の形見である井上真改と肥前忠吉《ひぜんただよし》を腰に差した。足には革足袋をはき、上がり框《かまち》に腰をおろすと草鞋《わらじ》の紐をしっかりと結んだ。

表に出て「本日休診」の札がわりにしている瓢箪を看板釘にかけていると、お品がやってきた。

「……ま、神谷さま」

平蔵の身支度を見た瞬間、お品の顔色が変わった。お品は勘の鋭い女だ。平蔵の身支度を見ただけで常の外出とはちがうことを敏感に感じとったのだろう。

「また、どこか、遠くに……」

　問いかける唇がかすかにふるえていた。

「いや、ちと余儀ない事情があってな……」

「………」

「それより佐吉の容態はどうだ。熱はさがってきたか」

「はい。……おかげさまで、どうにか峠は越したようです」

「そりゃよかった。子供の病いは治りかけると早い。熱がさがりかければ後は薄皮をはぐようによくなっていくだろうよ」

「ありがとうございます。……あの、先日、神谷さまからいただいた丸薬のおかげで、わたくしもどれだけ助かりましたことか。今日はそのお礼に……」

「いや、おれは佐吉に何もしてやれなんだ。医者のできることなどたかが知れているものだ」

　平蔵はホロ苦い目になった。

「それよりも、あの新之助という堺屋の次男坊。あれは若いが実のある男だな」

「え……」

お品がまぶしそうに目を泳がせた。

「このあいだの夕方、新石町の角の稲荷神社で、あの若者が佐吉のためにお百度を踏んでいるのを見かけたが、あの懸命な姿には胸をうつものがあった」

「ま、新之助さんが、そんなことを……」

お品のうなじに、すっと血がさしのぼった。

「だれにでもできることではない。佐吉もなついているのではないか」

「え、ええ……」

お品はかすかにうなずいた。

「おじちゃん、おじちゃんと呼んで……」

「そうか。おじちゃん、おじちゃん、か……」

平蔵は目に笑みをにじませた。

ふっと、伊助のことを思いだした。

伊助もまた平蔵をおじちゃんと呼んでなついてくれていた。だが、ついに「ちゃん」と呼んではくれなかった。伊助はちいさいながらも武士の子であることにこだわりとおしたからだ。武士を捨て医者になった平蔵の子になることを拒否したのだ。

そのことが伊助の、そして縫の運命をも変え、平蔵から縫を奪いさった。

しかし、佐吉にはそんなこだわりはないだろう。

平蔵は無言で会釈して、まっすぐ歩きだした。そして、一度もふりむこうとはしなかった。

終　章　切支丹坂《キリシタンざか》の死闘

一

　その日、新井白石はいつものように登城すると、間部詮房に会って半刻あまり密談をかわした。

　新井白石は昼前に下城すると中食をとってから、用人を呼んで切支丹《キリシタン》屋敷に行く駕籠《かご》の支度を命じた。

　駕籠脇の供侍は供頭の井手甚内、それに神谷平蔵、矢部伝八郎、檜山圭之介の四人であった。四人は供侍らしく羽織袴をつけ、新井家の家紋がはいった塗り笠をかぶり、足には脚半《きやはん》をつけ、草鞋《わらじ》をはいていた。

　登城のときは千石取りの幕臣にふさわしく、供侍が四、五人と、ほかに槍持、草履取《ぞうりとり》、挟《はさ》み箱持《ばこもち》、長柄《ながえ》傘持《かさもち》などの足軽、中間《ちゆうげん》十数人が随行するが、他用で外出するときは小人数でも咎められることはなかった。

大仰なことを嫌う白石はできるだけ小人数の供を好み、草履取などは駕籠かきの中間で充分だ、というのが口癖だった。

ことに切支丹屋敷のある茗荷谷は草深い田舎とはいえ江戸の御府内、いわば幕府の庭内である。私用なら供を一人つれて歩いていっても咎められることはない。

ただ切支丹屋敷への訪問は白石にとっては、収獄されている伴天連《バテレン》（宣教師）シドッチの訊問という公用にあたる。

四人の供侍を同行させるのはそのためだった。

新井白石の駕籠が屋敷を出たのは八つ（午後二時）ごろであった。

駕籠先は甚内と圭之介、平蔵と伝八郎は駕籠後についた。

外神田小川町から茗荷谷の切支丹屋敷までは約一里半（約六キロ）、ほぼ半刻（一時間）の道のりである。

「おい。……やつらのお出ましはどのあたりだと思うね」

途中で立ち小便をしながら伝八郎が訊いた。

「まず、小石川をすぎてからだろうな」

「しかけてくるとすれば行きか、それとも帰りか……」

「わからんが、日が落ちかける帰途のほうを狙ってくるのではないか」

「だれしも考えることはおなじらしいの」

「とはいえ、油断はできぬぞ」

あいにくの曇り空でおそろしく蒸し暑い。日除けの塗り笠がかえって汗を頭髪にこもらせる。かといって笠を取るわけにもいかない。

平蔵は腰に吊してきた瓢簞《ひょうたん》の水を口にふくみ、伝八郎にまわしてやった。

「お、すまん」

伝八郎、咽《のど》を鳴らし、目を細めた。

「ううむ。甘露、甘露！」

神田川を渡り、小石川をすぎると風景は一変する。こみあった町並みはぷっつりと姿を消し、雑木林と田畑がいりまじる小日向《こびなた》台地の田園地帯になる。

茗荷谷は小日向台地の北がわにあたる谷地《やち》で、日陰地でも育つ茗荷を栽培する農家が多い。

幕府はここに切支丹屋敷を設け、ご禁制の切支丹をひろめるため来日してきた伴天連を収獄するようになった。

新井白石が訊問役を命じられているヨハン・バティスタ・シドッチという伴天

連はローマというところからきたということだ。薩摩の屋久島に船で漂着したが、長崎奉行所に送られ、二年前の十一月、江戸に差しまわされてきたのである。

幕府はシドッチに年二十五両三分の手当てをだすという、囚人としては異例の厚遇をあたえているという。

新井白石の任務はシドッチに切支丹信仰を捨てさせ、ころび伴天連にすることだったが、シドッチの信仰心は鉄のように堅かった。しかし、シドッチはなかなか博識の人物で、紅毛人の国家とはいかなるものかを白石に熱心に語っているらしい。通訳を介しての応答だけにまどろっこしいところがあるが、シドッチから異国の地理や文明を聞き取ることを白石は楽しみにしていた。

平蔵もできれば異国の医学がどのようなものか知りたいと思っていたから、そんな白石の心情はよくわかる。

「おい。なにやら空模様があやしくなってきたぞ」

いつの間にか暗雲がひろがりはじめた空を見あげ、伝八郎がぼやいた。

「やつら、なんとか雨になる前にしかけてくれんかのう」

「そう、こっちの都合よくはいかんだろう」

雨と闇は襲撃するほうには有利だが、こちらには不利である。しかも敵の人数はあきらかにこちらより多いはずだ。

どす黒い不安が、平蔵の胸を鷲づかみにした。

前を行く駕籠が坂をくだりはじめた。左右を雑木林にかこまれただらだら坂で、土地の人は切支丹坂と呼んでいる。坂の長さは三町あまり(約三百三十メートル)、くだりきった前方に切支丹屋敷が見える。

「このあたりが臭いな」

伝八郎がささやいた。

平蔵も無言でうなずきかえし、左右の雑木林に目を走らせた。

下草が繁茂する雑木林のなかは薄暗く、見通しが悪い。嫌な悪寒《おかん》が背筋を貫いたとき、稲妻が閃き黒雲をひきさき、雷鳴がとどろいた。

たたきつけるような驟雨《しゅうう》が襲ってきた。白い雨幕が視界をさえぎり、十間先もさだかには見えない。乾ききった坂道に大粒の雨がしぶきをあげて降りそそぐ。

「急げっ!」

井手甚内が駕籠かきの中間をふりかえったときである。

左手の林のなかから一筋の矢が雨幕を裂いて飛来し、駕籠に突き刺さった。

駕籠かきの中間は叫び声をあげ、駕籠を投げだすと、つんのめるように坂を駆けおりていった。

「やつらの狙いは駕籠だ。駕籠脇を固めておびきだせ」

平蔵は怒鳴りつつ、井上真改を抜きはなった。

雨幕を破って右手の林から飛来してきた矢をたたき斬った平蔵の目に、伝八郎が左肩口に矢をうけるのが見えた。

「伝八郎！」

「糞ったれがっ！」

伝八郎が怒声を発し、手にした剣を足元に突き刺すと、肩口に刺さった矢をつかんで引きぬいた。

「大事ないか！」

「なんの！　これしき……」

伝八郎は刀をつかむと凄まじい形相で吠えた。矢が雨幕を破って左右の林から間断なく飛来する。平蔵は飛来する矢を切り落としつつ、射手は左右に一人ずつと見た。まだ敵が殺到してくる気配はない。

謀《はか》られた！

平蔵は舌打ちした。まさか弓を使ってくるとは予測していなかった。

しかし、伝八郎も、井手甚内も、檜山圭之介も冷静に飛来する矢を斬り落としている。すでに駕籠には数本の矢が刺さっている。

——まず、射手を始末しなければ動けん。

平蔵が左手の雑木林に突入しようとしたときである。

左右の林の奥で絶叫がはじけ、矢の飛来がばたっと途絶えた。

同時に林のなかから白刃をふりかざし、浪人の集団が殺到してきた。

「おのれっ！」

伝八郎が弦をはなれた矢のように突進し、先頭の浪人を豪快な片手斬りで袈裟がけに倒した。

平蔵の眼前に凶暴な面をした二人の浪人者が刀を八双にかまえながら飛びだしてきた。平蔵は斜めに走りぬけ、がらあきの胴を存分に斬りあげた。

雨幕を血しぶきが染め、胴を両断された浪人の上半身が刀をふりかぶったまま、どさっとぬかるみの坂道にころがった。

凄まじい刃風が平蔵の頭上から襲いかかった。平蔵は身をひねってかわしざま、刃をかえして浪人の双腕を一撃した。刀をつかんだままの腕が宙に舞った。

手首をうしなった浪人が獣のような絶叫をあげ、つんのめりながら坂道をころげ落ちていった。

どいつも人斬りに馴れた輩《やから》らしいが、腕のほうは度胸剣法というにすぎない手合いだった。

左手の林のなかから忍び装束を身につけた小柄な人影が駆けよってきた。

「神谷さまっ……」

「おおっ、おもんではないか……」

忍び装束の目だしから、おもんの双眸がきらっと光った。

「弓をつぶしてくれたのはおまえか」

「はい」

「助かったぞ」

立てつづけに狼狽した叫び声と悲鳴が起こったかと思うと、手傷を負った浪人がつぎつぎに雑木林からよろめきだしてきた。背後から黒鍬《くろくわ》の者らしい黒い影が白刃をふるって容赦なく襲いかかる。

伝八郎が、圭之介が降りしきる雨をものともせず奮戦している。

一団の浪人群がしゃにむに駕籠に突進してきた。

「ばかめが！」

平蔵はあわてるようすもなく走りよって一人、二人と左右に斬り捨てた。

一人が駕籠扉を斬り裂き、鋒《きつさき》を突っこんで棒立ちになった。

「こ、これは」

駕籠に白石の姿はなく、米俵に矢が刺さっていた。

「おのれっ、たばかったな！」

怒号し、ふりおろしてきた剣先をすりあげ、そのまま肩口を斜めに斬り割った。

井手甚内は塗り笠をはずし、駕籠先に立ちはだかったまま、襲いかかってくる浪人を苦もなく斬り伏せている。腰のすわったみごとな太刀さばきだ。

三人の浪人が井手甚内の前に鋒をそろえて殺到してきたとき、

「きさまらはどけっ！　そいつはおれが斬る」

清水弦之助が怒号しつつ、三人の浪人のあいだを割って出た。

井手甚内は無言のまま鋒を青眼に構え、迎え撃った。

「空駕籠《からかご》とはようも仕組んでくれたものよ」

清水弦之助は右八双の構えをとって対峙した。

「まさか新井白石の飼い犬になっていようとは思わなんだ。佐登も白石の屋敷にいるのか」

「………」

「おれが江戸詰めになっているあいだに、きさまは佐登をたぶらかして脱藩しやがった。佐登はおれと祝言をあげるはずだった女だぞ。よくもおれをコケにしてくれたな、井手甚内」

「………」

「ふふふ、ま、よい。きさまを斬ってから、ゆるりと佐登を成敗してくれる。なんなら、おれがなぶりものにしてから女郎にたたき売ってやってもよいぞ」

清水弦之助はしきりに挑発しにかかるが、井手甚内は身じろぎもしなかった。

「どうした！　無外流の腕がどれほどのものか、見届けてやる」

清水弦之助は右八双から、ゆったりと剣先を上段にふりかざした。

――これは……。

平蔵、目を瞠《みは》った。

上段の構えから噴きつけてくる剣気に凄まじい圧力がある。並の剣客でないことはたしかだった。

甚内は青眼の構えを微動だにくずそうとしない。

滝のような雨幕が二人を白くおしつつんだ。

上段に取った清水弦之助の剣先が、翡翠《かわせみ》の尾のように鋭くふるえた。

——来るぞ！

途端、懸河《けんが》の勢いでふりおろされた清水弦之助の剣先が井手甚内の肩口に嚙みついてきた。転瞬、甚内は身を沈めざま、片手で刀身を右斜めにすくいあげた。

清水弦之助がたたらを踏んでつんのめると、棒立ちになった。カッと両眼を見開いた秀麗な顔が一変し、悪鬼の形相になった。

清水弦之助の左脇から胸板にかけて、一筋、血がにじみだした。ぐらりと上体がかしぐと、そのまま朽《く》ち木を倒すように突っ伏した。

伝八郎と圭之介が血刀を手に駆け寄ってきた。

「みごとだったな、井手さん」

「いまの太刀筋はなんですか。はじめて見ましたよ」

甚内はしばらく残心をとっていたが、しずかにふりかえった。

「……翡翠、かな」

そうつぶやくと甚内は静かに目を笑わせた。

「どうやら片づいたようだな」

切支丹坂は浪人どもの骸《むくろ》で足の踏み場もなかった。

土砂降りの雨が川になって坂道を流れくだりつつ血潮を洗い流している。

「……壺井左門はどうした」

険しくなった平蔵の目を、おもんが見かえした。

「さっき、一人だけ馬で駆けさっていった者がおります。もしや、それが……」

「馬で……」

「はい。月代を剃っておりましたから浪人ではありますまい」

「しまった！」

「なに、逃げこむところは荻原の屋敷しかあるまいよ」

 こともなげに伝八郎は言ったが、

「いや……」

平蔵はきっぱりと首をふった。

「やつはハナから清水弦之助と心中する気などなかったのだ」

「うむ。どういうことだ……」

「おもん。深川までの近道はないか」

「この下の川べりに猪牙舟《ちょきぶね》を一隻舫《もや》ってあります。川づたいに隅田川に出れば半刻とかかりませせぬ」

「よし！　それで行こう」

二

おもんは平蔵を猪牙舟に乗せると、増水した川を巧みな櫓《ろ》さばきで矢のようにくだっていった。やがて隅田川に出ると、舳先《へさき》を万年橋から左に向け、海辺大工町に沿ってすすんで、秋元但馬守屋敷の近くに舟をつけた。

雨は小降りになってきたが、薄闇がせまりつつある。猪牙舟をおりた平蔵はまっすぐ美乃吉がいる「深川」に向かった。

美乃吉は清水弦之助の女だが、「深川」は壺井左門にとっても塒《ねぐら》のはずだ。左門が弦之助の死を黙っていれば美乃吉は左門をかくまうだろう。左門にとって「深川」はもってこいの隠れ家になる。襲撃が失敗し、荻原を頼るわけにはいかなくなった左門の行く先は「深川」しかないと平蔵は確信していた。

店の戸はしまっていて、置き行灯《あんどん》にも灯は入っていなかった。

平蔵は刀の柄《つか》に手をかけながら静かに店に近づいた。戸口に立つと強い血臭が鼻をついた。

店内は森閑と静まりかえっていたが、かすかな気息がする。闇にひそんで獲物を待ちうける獣の息遣いだ。

先夜見た、店内のようすを思いおこし、脳裏に刻みつけた。

ずぶぬれの羽織をぬいで左手にさげ、右手で刀を抜きはなった。

左門との闘いでは、一瞬の遅速が明暗をわける。片足で戸障子を蹴り開け、羽織を投げこむと、身を沈めて土間にころげこんだ。闇に白刃が閃き、羽織がバサッと両断された。

刃唸りのする剛剣を仰向けのまま鍔元《つばもと》で受けとめ、撥《は》ねかえした。刃と刃がからみあい火花が散った。鋼《はがね》の焦げる臭いがした。

闇のなかに左門の影をとらえた平蔵は、剣先をまっすぐに突きあげた。鋒《きっさき》が左門の胸板をずぶりと刺し貫いた。ふりおろした左門の剛剣が平蔵の頬をかすめ、かたわらの樽椅子にガキッと食いこんだ。

左門は刀から手をはなし、胸に刺さった刃を両手でつかんだ。平蔵は剣先をぐいとえぐりこんだ。刃をつかんだ左門の十本の指が土間にこぼれ落ちてきた。

左門はくわっと双眸を見開いたまま、地ひびきうって仰向けに倒れた。

おもんが入ってきて、懸け行灯に灯をいれた。

倒れた左門のかたわらに、もうひとつ死体があった。美乃吉だった。

美乃吉は帯紐で後ろ手に縛られていた。責め苛まれていたとみえ、波千鳥を染めぬいた浴衣はボロボロに斬り裂かれていた。鳩首《みぞおち》に致命傷らしい深い刺し傷がある。噴きだした鮮血が浴衣にしみこみ、変色しかけていた。

板場から強い血臭がした。平蔵は血刀をさげたまま板場に踏みこんだ。

柳刃包丁をにぎりしめた板前の上半身が、土間の血溜まりに顔をうずめて死んでいた。胴が両断され、下半身は二間先にころがっていた。腸《はらわた》が白い蛇のようにとぐろを巻いていた。おもんが後ろから平蔵の腕をぎゅっとつかみ、身震いした。

土間の中央に暗い穴が口をあけていた。厚さ一寸余の石の蓋が、血の海に浸っていた。石組みの頑丈な穴倉の底に、小判がぎっしりとつまっていた。なかには銀貨も数百枚まじっている。

「壺井左門の目当てはこれだったたんですね」

「隠し金がここにあると感づいていたが、穴倉までは知らなかったんだろう」

「それを吐かせるために、あんなむごいことを……」

「いや、命あっての銭金だ。あっさり吐いたにちがいない。責め苛んだのは左門に嗜虐《しぎやく》を好む性《さが》があったんだろう。……やつは、人間じゃない。鬼畜だ」

平蔵が吐き捨てたとき、戸口から飛びこんできた留松が思わずのけぞった。

「あわわわっ！　だ、だんな……」

「御用聞きが骸《むくろ》を見たぐらいでおたつくな。早く斧田さんに知らせてこい」

「へ、へいっ！」

泡食った留松が鉄砲玉みたいに駆けだしていった。

おもんが穴倉から一分銀をつまみだし、歯を軽くあてると、舌の先で何度か味わい、おおきくうなずいた。

「神谷さま。これは、通常の一分銀ではございませぬ」

「どういうことだ」

「銀の量目を減らし、新鋳したものです」

「そんなことがわかるのか」

「ひとの顔や躰がそれぞれちがうように、金物もそれぞれにちがいます。金には金の、銀には銀の味や匂いがございます。ひとの舌は魔物でございますよ」

「さすがは巳年《みどし》の女だな」

「ま……巳年の女は魔物とでもおっしゃりたいんですか」

「おもん、近いうち、そなたの兄者の墓参に行かぬか。粒来小平太どのをむざむざ死なせてしまったことが、ずっと気になっておったのだ」

「………」

みるみるうちに、おもんの双眸に大粒の涙が湧きだした。

「いっしょに……いってくださるんですか」

うなずいた平蔵の胸に、おもんが顔をぶつけるように押しあててきた。

肩がかすかにふるえている。そんな、おもんを平蔵はいとおしいと思った。

三

駆けつけてきた斧田同心に後始末を頼み、おもんの猪牙舟で日本橋まで送ってもらい、小網町の道場に向かった。伝八郎の矢傷が気になっていたからだ。

道場の武者窓に淡い灯りがさしていて、伝八郎の底ぬけに明るい笑い声がはじけていた。つつましやかな女の声もまじっている。

こりゃ、どういうことだ……。

背伸びして武者窓からのぞいてみると、文乃の白い横顔が見えた。片肌脱いだ伝八郎の肩の傷に文乃が晒《さら》しを巻きつけている。床に置かれた短檠《たんけい》の火影《ほかげ》に照らされた伝八郎の顔がぐずぐずにゆるんでいる。

そっと武者窓から離れかけたとき、道場の玄関から出てきた井手甚内が近づいてきて、笑みをしゃくりあげた。

「見てのとおりだ。邪魔せんほうがいいぞ」

「なんだって、文乃どのがきているんだ」

「精一郎だ。稽古にきていて、屋敷に飛んで帰って文乃どのに知らせたらしい」

「ほう、精一郎にしちゃ気のきいたことをしたもんだ」

「左門はどうした」

「斬った。後始末は八丁堀にまかせてきたよ」

「すまん。この借りは生涯かえせそうもない」

「かえされても困る」

「わしは明日、朝立ちして佐登と子供たちを迎えにいってくる」

長年の肩の重荷をおろしてすっきりしたのだろう、甚内の顔もゆるんでいた。

日本橋で甚内と別れ、家路についた。雨はあがっていたが道はぬかるんでいた。

着衣も、袴も、足袋も、草鞋もぐしょ濡れだった。たっぷり水を吸いこんだ褌が股倉に張りついている。亀湯の熱い湯船が恋しかった。

新石町の角まできたとき、お品が新之助と肩を寄せあって稲荷社の境内から出てくるのが見えた。

平蔵を見て、お品はおおきく目を見ひらいた。

「佐吉の麻疹《はしか》は治ったか」

「はい、おかげさまで……いま、そのお礼参りと、神谷さまのご無事をお願いしてきたところです」

「そうか、佐吉が元気になってなによりだったな。きっと新之助さんのお百度参りが天に通じたんだろうよ」

「めっそうもございません」

新之助がうろたえながら深ぶかと頭をさげた。

「新之助さん。……ふたりを幸せにしてやってくれよ」

「は、はい……」

ちょっとうろたえたが、たちまち新之助の顔が紅潮した。

ひたと見つめているお品に目でうなずき、平蔵はゆっくりと背を向けた。

弥左衛門店の路地は、もう寝静まっていて、犬の仔一匹見あたらなかった。

戸障子をあけ、火桶の灰から火種を掘り起こし、付け木の火を行灯の火皿にうつした。

上がり框《かまち》に蓋つきの黒い小壺が置いてあった。

蓋をとってみると、鮎のウルカがはいっていた。

小壺の下に結び文がおいてあった。

――神谷さまにめぐりあえて、品は幸せでございました　生涯忘れませぬ。

文を行灯の火で燃やし、灰になるまで見つめていた。


八月はお品と新之助の祝言につづいて、もうひとつ祝いごとがかさなった。

平蔵の兄忠利の口利きで、檜山圭之介が大番組麦沢惣六《むぎさわそうろく》の婿養子に入ったのだ。

麦沢家の食禄は百二十石、歴とした旗本である。父親の惣六は才槌頭《さいづちあたま》の偏屈者で知られていたが、娘の千加《ちか》は気立てもやさしく、父とは似ても似つかぬ器量よしだった。

圭之介は百二十石の家禄と美しい新妻のふたつを手にしたことになる。

九月になって、新井白石の捨て身の上申書と、違法に新鋳された銀貨が決め手となり、荻原近江守重秀はついに勘定奉行を罷免された。

翌年九月、荻原重秀は不遇のうちに病死した。

そして、さらにその翌年の三月、跡を継いだ重秀の子、源八郎乗秀が、三千七百石の食禄を三千石召しあげられ、小普請入りを命じられた。

荻原重秀に荷担して不当に私腹を肥やした銀座年寄の深江庄左衛門、中村四郎右衛門、関善左衛門、細谷太郎左衛門は遠島に処された。

また荻原重秀の命により劣悪な三ツ宝銀、四ツ宝銀の鋳造にかかわった勘定組頭保木公遠、小宮山昌言の二名は逼塞《ひっそく》を命じられた。

これらの処分に二年もの歳月を費やしたのは、大奥への配慮があったからだという風聞が巷《ちまた》に流れた。

伝八郎の恋はなかなか実りそうもないが、文乃の顔見たさに伝八郎はいそいそと出稽古に通っている。

はたで見ている平蔵はじれったくてしかたがないが、恋はじれったいうちが華なのかも知れない。


（ぶらり平蔵　女敵討ち　了）

参考文献

『江戸10万日全記録』　明田鉄男　雄山閣
『江戸あきない図譜』　高橋幹夫　青蛙房
『絵で読む 江戸の病と養生』　酒井シヅ　講談社
『江戸厠百姿』　花咲一男　三樹書房
『大江戸生活事情』　石川英輔　講談社
『雑学「大江戸庶民事情」』　石川英輔　講談社
『大江戸おもしろ役人役職読本』　新人物往来社
『江戸切絵図散歩』　池波正太郎　新潮社
『市塵』　藤沢周平　講談社
須原屋版『江戸古地図』

コスミック・時代文庫

ぶらり平蔵《へいぞう》
決定版③女敵討ち

2022年2月25日　初版発行

【著 者】
吉岡《よしおか》道夫《みちお》

【発行者】
杉原葉子

【発 行】
株式会社コスミック出版
〒154-0002 東京都世田谷区下馬6-15-4
代表　TEL.03(5432)7081
営業　TEL.03(5432)7084
FAX.03(5432)7088
編集　TEL.03(5432)7086
FAX.03(5432)7090

【ホームページ】
http://www.cosmicpub.com/

【振替口座】
00110-8-611382

【印刷／製本】
中央精版印刷株式会社

乱丁・落丁本は、小社へ直接お送り下さい。郵送料小社負担にて
お取り替え致します。定価はカバーに表示してあります。

ISBN978-4-7747-6356-9 C0193

COSMIC
時代文庫

吉岡道夫の超人気シリーズ

傑作長編時代小説

医師にして剣客!

「ぶらり平蔵」決定版[全20巻]刊行中!

ぶらり平蔵 決定版①

剣客参上

定価●本体660円+税

ぶらり平蔵 決定版②

魔刃疾る

定価●本体650円+税

絶賛発売中!

お問い合わせはコスミック出版販売部へ!
TEL 03(5432)7084
http://www.cosmicpub.com/

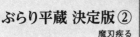

COSMIC
時代文庫

倉阪鬼一郎 の好評シリーズ!

書下ろし長編時代小説

うまい料理の数々が 人々の心を癒す

人情めし江戸屋
剣豪同心と鬼与力

定価●本体630円+税

人情めし江戸屋
妖剣火龍

定価●本体630円+税

絶賛発売中!

お問い合わせはコスミック出版販売部へ!
TEL 03(5432)7084
http://www.cosmicpub.com/